KB262516

숨, 쉴 틈

글·사진 김대욱

그래서 이 여행은 방으로부터 시작한다

"비행기를 보면 가슴이 뛰어."

내가 알던 그 사람은 늘 떠날 준비를 했다. 먼 나라의 정보를 모으고 여행의 경로를 그리는 게 취미였다. 길을 걷다가 비행기를 보면 발 뒤꿈치를 세우곤 했다. 마치 비행기를 따라 날아가려는 것처럼.

그 사람에게 여행자는 동경의 대상이었다. 한 번은 잡지에 실린 한 여행자를 손끝으로 가리키며, 내게 어떠냐고 물었다. 뭐가 어떠냐 는 걸까. 나는 대답을 찾는 대신 그 사람의 손톱을 보며 딴생각을 했 다. '손톱이 조금 더 자라면 오렌지색 매니큐어를 사줘야지.' 그럴 수밖에 없었다. 비행기를 보며 가슴 뛰는 일은 내겐 단 한 번도 없었 으니까.

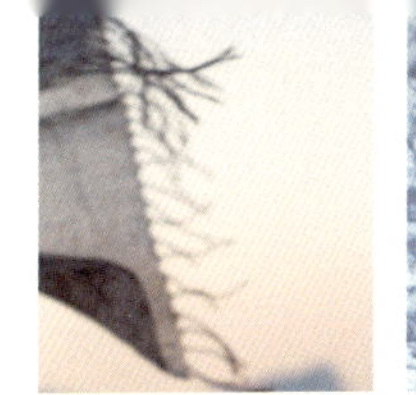

그 사람은 가끔 물었다. 함께 떠나지 않겠냐고. 그 말을 들을 때마다 낯설고 불편했다. 어색한 식당에서 점원이 낯선 소스의 이름을 대며 무엇을 택하겠느냐고 물을 때와 비슷한 느낌이었다. 영영 오지 않을 순간을 계획하는 것 같은 아득함마저 느꼈다.

그 사람이 어떤 여행을 꿈꾸는지 모르는 지금도 나는 여전하다. 굳이 떠나지 않는다. 사실 떠난다는 말 자체가 어색하고 우스꽝스러운 옷처럼 느껴졌다. 그래서 이따금 오해를 받는다. 이상한 사람이라고. 여행의 시대라고 해도 될 만큼 여행이 보편화된 시대여서 그런지, 요즘 여행은 청춘이 겪어봐야 할 필수 경험쯤으로 여겨지는 것 같다. 하지만 그런 분위기에도 나는 시큰둥하다. 옆에서 얼른 떠나라고, 젊었을 때 한 번쯤 나갔다 와야 한다고 채근해도 그러거나 말거나. 방에 멀뚱히 앉아 있거나 이따금 이 도시를 어슬렁거리다 집으로 돌아올 뿐이다.

당신에게만 살짝 고백한다. 사실 나는 여행 중이다. 떠나지 않아도 괜찮은 여행을 꽤 오래전부터 해왔다. 아무도 모르겠지만.

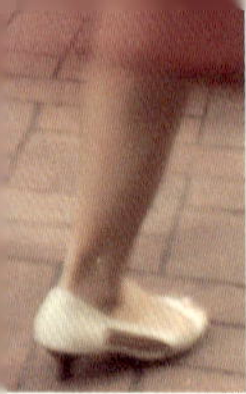

나는 하루에도 몇 번씩 오늘 이 자리를 관찰하고 매만진다. 그러다 보면 무언가가 발견된다. 밖에서 들려오는 소리, 방 한구석에 박혀 있는 오래된 물건, 오늘 만난 사람이 건넨 말, 몇 글자 안 되는 문자 메시지, 뺨을 스치는 바람, 방금 지나간 버스가 남기고 간 먼지, 집에 가는 길에 바라본 모르는 이의 어깨, 골목을 비추는 노란 불빛 같은 대단치 않은 것들이. 잠시만 눈을 감으면 그것들은 가만히 안겨온다. 아기처럼 꼬물거리며 내 가슴을 두드린다. 그러면 답답했던 마음이 잠시나마 풀리고 한순간 여유를 되찾는다.

때로는 내가 지내온 시간 혹은 살아갈 시간을 더듬는다. 그러면 어제와 다른 오늘이 만들어지거나 그렇지 않더라도 썩 괜찮은 오늘로 변신한다. 이를테면 서랍 속에 묵혀두었던 증명사진이나 까맣게 때가 탄 운동화 같은 것을 발견할 때. 아주 가끔 어깨가 으쓱해지기도 한다. 내 자신이 손톱만큼은 성장했다는 생각이 드니까. 이런 즐거움이 나를 자꾸만 이 시간 이 자리에 머무르게, 아니 계속 여행하게 이끈다. 누군가는 더 멀리 떠나보면 지금까지 겪어보지 못한 다른 오늘이 그곳에 존재한다고 말할지도 모르겠다. 하지만 어떡하나. 나의 여행은 여기에 있는 것을. 지금 여기가 바로 여행의 순간임

을 인식한 순간 공기는 말랑해지고 시간은 천천히 흐른다. 그 끝에서 나는 자유를 보고 어제보다 좀더 자란 나를 만난다.

이 책에는 그런 이야기를 담았다. 나만의 지도를 그리며 걷고 거기에서 숨 쉴 틈을 얻는 도시 생활자의 여행기를. 온전히 내 이야기지만 누군가에게는 자신의 이야기로 다가갈 것이라 믿는다. 세상에는 자신과 닮은 사람이 적어도 한 명쯤은 존재할 테니까. 만약 당신이 그 사람이라면, 언젠가 우리 반갑게 인사를 나눌 수 있다면 좋겠다. 혹 당신이 나와 다른 사람이더라도. 이 책으로 당신의 하루가 조금 여유로워진다면 기쁠 것이다. 우리가 그렇게 되길 희망한다.

이제 내 여행을 소개한다. 여기에서 시작하려고 한다. 하루를 시작하고 끝내는 공간. 바로 나와 당신의 방이다.

김대욱

차 례

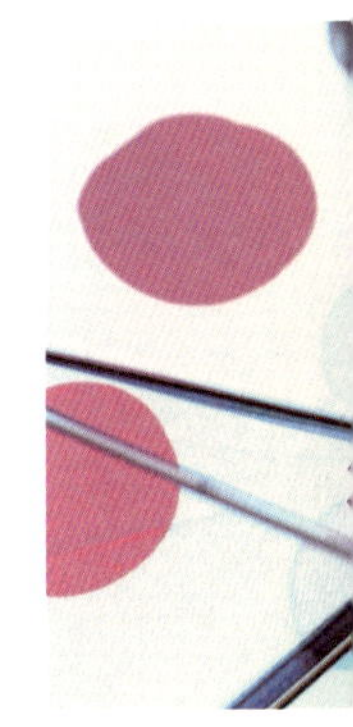

chapter. 1

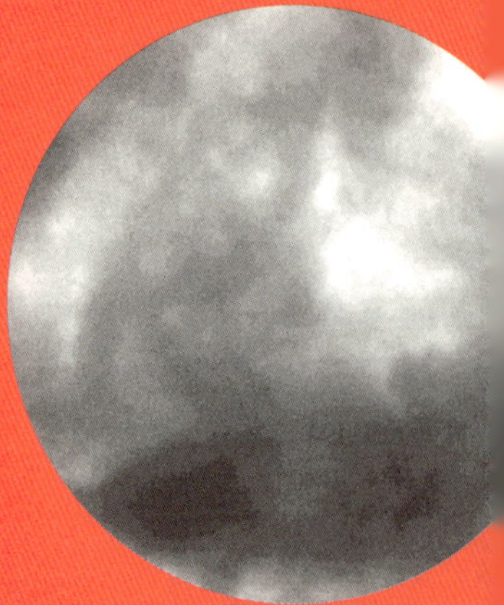

잠들지   않는   방으로   히치하이킹

방은
우주다

방에 대한 오래된 기억

/

꽤 오랜 시간, '방' 하면 얼얼함을 느꼈다.

어린 시절의 기억 때문이었다. 작은 발바닥을 가졌던 그때, 가난
은 매일 보는 TV처럼 친근했다. 당연하고 자연스러운 가난은 식
구 누구에게도 자기 방을 허락하지 않았다. 단칸방. 지금은 원룸
이라는 근사한 말로 불리는 그곳에서 엄마, 아빠, 동생, 내가 살았
다. 그 방에서 우리는 늘 한데 모여 잠을 자고 밥을 먹었으며, 자주
놀고 가끔 싸웠다. 불편함은 잘 몰랐다. 가난한 소시민의 비애 역

시 알 리 없었다. 나는 그저 하루 잘 놀다 푹 잠들면 좋은, 보통의 어린애였다.

발바닥이 자라면서 집은 조금씩 커졌다. 방의 수도 늘어났다. 동생과 나는 번갈아가며 자기 방을 가졌다. 내 방을 내줄 수 있는 집으로 이사 온 날 저녁, 엄마는 방문을 열고 이렇게 말했다.

"앞으로는 자기 전에 서로 인사를 하자."

엄마의 말에는 가난과 실패를 딛고 일어선 자부심이 묻어 있었다. 그 요구가 엄마가 좋아하던 연속극의 화목한 가족을 따라하자는 말처럼 들려 닭살이 돋았다. 엄마의 기분을 맞춰주려고 나는 마지못해 고개를 끄덕였다.

그로부터 얼마 후 발바닥이 더 이상 자라지 않는다는 걸 확신했다. 제법 비싼 구두를 사도 바꿀 걱정 없이 오래 신을 수 있겠다 생각할 무렵 나는 조금 어른이 돼 있었다. 방에 대해 얼얼함을 느낀 것도 그즈음이었다. 이 도시에서 방 하나를 얻기 위해 엄마 아빠가 겪었을 서러움, 그 방을 지키고 늘리기 위해 해왔을 분투가 상상되면서 마음이 아렸다. 이제 방은 더 이상 그냥 방이 아니었다.

탈출을 꿈꾼 적이 있다
/

한동안 그렇게 방을 바라봤지만 얄궂게도 그런 짠함은 오래가지 않았다. 회사에 다니면서 방에 대한 내 생각은, 막 각질이 일어나던 발바닥처럼 조금씩 건조해져갔다. 밀린 일을 하거나 곯아떨어지는 것. 당시 방에서 내가 하던 행위의 거의 전부였다. 이따금 음악을 듣고 책을 읽었으며, 간혹 영화도 보고 게임도 즐겼지만, 일하기와 잠자기에 비하면 미미했다. 그저 일과 잠의 틈을 겨우 메워줄 뿐이었다.

그때는 그게 당연하다고, 어쩔 수 없는 일이라고 여겼다. 회사에서 끝내지 못한 일을 마무리할 수 있도록 도와주는 것. 그게 방의 역할이라고 생각했다. 늦게까지 일하고 돌아왔을 때 씻지도 않은 몸을 뉘이거나 옷은커녕 양말도 벗지 않고 몸을 던져도 기꺼이 받아주는 것. 그게 방의 소임이라고 믿었다. 그런 무덤덤함이 애잔함을 밀어낼 때 방은 방구석이 됐다. 방구석이 된 방은 답답증을 유발했고, 언제부턴가 나는 방에서의 탈출을 열망했다.

괴상한 모순이었다.
방이야말로 내 최후 보루였다.

방이 없다면 지친 몸을 기댈 수도, 못다 한 일을 끝낼 수도 없었다. 게다가 뭐 하나 보탠 것 없이 부모의 노동에 의지해 얻은 공짜 방이었다. 그런 방에서 탈출하겠다는 생각부터가 철없는 것이었지만 똑 부러진 이성은 별 힘이 없었다. 내 몸과 마음은 자꾸만 방을 벗어나려 들었다.

부단한 탈출 시도는 가끔 성공했고 간혹 실패했다. 완전한 성공을 위해 12월의 어느 날, 카메라를 샀다. 렌즈를 교체할 수 있는 카메라로 당시 내 월급 수준에 비하면 상당한 가격이었다. 어찌나 뿌듯하던지. 혹시라도 잃어버릴까 카메라를 가방에 넣고 조심조심 집에 온 그날 밤. 나는 내 방을 떠나 카메라에 세상을 담겠노라며 호기를 부렸다. 카메라를 통해 내 탈출을 증명하고 남에게 인증된다면 탈출을 완성할 수 있을 거라고 생각했다.

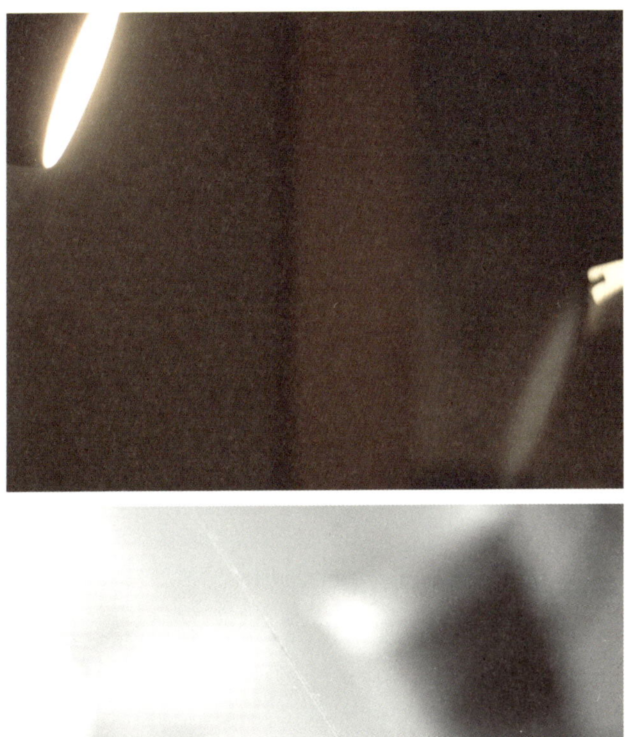

방에 갇히다

/

예기치 못한 비극은 그로부터 약 일주일 뒤에 왔다. 셔터 스피드가 어떻고 조리개 값이 어떻고 하며 희희낙락하던 나를 사장이 불렀다. 무겁게 입을 뗀 그는 이번 달까지만 나오라고 했다. 해고 통지였다. 이유는 형편이 어렵다는 것. 워낙 작은 회사라 돌아가는 사정을 빤히 알고 있던 나는 놀라거나 서운해하지 않았다. 고개를 끄덕이며 괜찮다고 했다.

며칠이 지났고, 그해의 마지막 날 회사를 나왔다. 실직자가 할 수 있는 일은 두 가지밖에 없었다. 재충전을 하거나 서둘러 다른 직장을 구하는 것. 내게 재충전을 할 여유는 없었다. 카메라를 할부로 사지 않은 게 천만다행일 정도였으니까. 진짜 백수가 되지 않으려면 얼른 새 직장을 얻어야 했다.

쉽지 않았다. 문제는 애매한 경력이었다. 2년도 채 안 된, 게다가 유명하지도 않은 매체의 기자 경력은 어디에 신입으로 들어가기에도, 그렇다고 경력으로 지원하기에도 애매모호한, 그야말로 일천한 이력이었다. 딱히 갈 만한 곳도 없었다. 지원 가능한 곳은 나와는 도무지 맞지 않을 것 같은 성향을 가지고 있었다. 전부 집어 치우고 남들처럼 회사원이 되어볼까도 했다. 하지만 '한강물을 퍼 내려면 몇 바가지가 필요할까'라는 식의, 도대체 그 진의를 알 수 없는 면접원의 질문에 질려버려 그마저도 관뒀다. 급한 마음에 여 기저기 이력서를 넣었지만 불러주는 곳이 없었다.

한 군데 면접을 보기는 했다. 이름을 대면 누구나 알 만한 인터넷 서점이었다. 예전에 취재차 잠깐 들르기도 했던 그곳. 여기라면 회사원으로 사는 것도 나쁘지 않겠다는 생각이 들었다. 경조사 때 나 꺼내 입던 양복을 걸치고, 역시 생전 안 신던 구두에 발을 쑤셔 넣고 면접을 보러 갔다. 나를 포함해 세 명이 동시에 면접을 봤는 데, 얼굴을 보니 다들 잔뜩 얼어 있었다. 둘 다 취업 준비생, 그러 니까 이제 막 대학교를 졸업한 풋내기들이었다. 그래도 어디 가서 일 좀 해본 내가 낫지 않나 하는 생각에 여유가 생겼다. 살짝 거만 해진 나는 긴장을 풀라며 그들의 어깨라도 토닥여주려다 말았다. 혹시 모르는 거니까. 승률을 높이기 위해 나는 가만히 있었다.

면접장에 들어갔다. 면접관 세 명과 청년 실업자 세 명은 꽤 긴 시 간 이야기를 나눴다. 두 시간쯤? 허탈했다. 대체 그게 왜 궁금한지

　　　　　　　　　　　　　　　잠들지 않는 방으로 히치하이킹

도리어 내가 묻고 싶을 정도의 밑도 끝도 없는 질문들. 대기업에서 그런 걸 잘 물어본다고 하던데, 대기업 흉내를 내고 싶었던 걸까. 떨어질 것을 예감한 나는 집으로 돌아와 다시는 그 서점을 이용하지 않겠노라 다짐했다. 회원 탈퇴를 할까 하다가 관뒀다. 어차피 자주 이용하던 서점은 아니었으니까. 이력서를 쓰고 취업 사이트를 뒤지며 살던 나는 하루의 대부분을 방에서 보냈다. 놀고 자고, 심지어 밥까지 먹었다.

나는 서서히 방과 한 몸이 되어가고 있었다.
그러는 사이 발바닥은 말랑해져갔다.
탈출을 꿈꾸던 나는 그렇게 방에 갇혔다. 완전히.

여기까지가 내 방에 대한 간단한 역사다. 누군가 내게 방이란 무엇이냐고 물으면, 그때그때마다 달랐다고 답할 것이다. 어린 시절에는 얼얼함과 애잔함이 풍기는 향수, 좀 자라서는 무덤덤한 사각형, 더 커서는 의지와 상관없이 혼연일체가 된 감옥이었다고. 만약 지금 물으면 이렇게 대답하고 싶다.

우주.

BUS
BUS
BUS

우주가 된 방

/

어떤 시인이 있다. 대책 없이 쓸쓸한 눈을 가진 본인의 사진을 자기 시집에 오롯이 박아둔 그는, 이렇게 썼다.

"방을 밀며 나는 우주로 간다."*

아리송한 이 문장은 방에 대한 현재 내 생각의 기원이다. 처음부터 그 시를 좋아한 것은 아니었다. 몇 번을 읽었는지 까맣게 때가 탄 시집. 그 시가 실린 페이지는 비교적 깨끗하다. 접어둔 흔적도, 밑줄 친 자국도 없다. 책 맨 앞장에 사인을 해달라며 수줍게 시집을 내밀던 그와의 첫 만남에서도 그 시에 대해 묻지 않았다.

이 시가 의미 있게 다가온 건 몇 년이 지나서였다. 실업자 신세를 청산하고 여러 가지가 제자리를 찾을 무렵, 그동안 해온 것들을 되돌아봤다. 내 이름으로 낸 두 권의 책, 작곡 또는 작사로 이름을 올린 몇 개의 노래들, 그 외의 이런저런 몇 가지 일들. 모두 남들이 보면 그리 대단할 것 없는, 별것 아닌 것들이었다. 각각의 결과도

* 김경주, 〈우주로 날아가는 방 1〉

대체적으로 초라했다. 그저 "아직 젊은데, 이 정도면"이라고 스스로 위로할 수 있는 정도?

하지만 나는 나에게 박수를 쳐줬다. 비록 결과는 볼품없지만 그게 마땅하다고 생각했다. 그것은 이 도시에서 직장을 잃고도 고꾸라지지 않고 생존한 자에 대한 예우였다. 가진 것 하나 없이 서른을 맞았어도 꿋꿋하게 도시를 활보하는 청춘에 대한 격려였다.

더 대견했던 것은, 그 대부분의 일들이 마음 놓고 발을 뻗기에도 버거운 내 좁은 방에서 이루어졌다는 것. 그야말로 나는 시인의 말처럼 방을 밀며 나만의 우주로 갔고, 거기서 방과 우주의 경계를 열심히 지우며 그런대로 열심히 무언가를 만들며 살아온 셈이었다.

그런 생각을 할 즈음 그 시집을 다시 봤다. 그리고 "방을 밀며 나는 우주로 간다"는 말을 디딤돌 삼아 방에 대한 새로운 정의를 내렸다. 방은 우주라는 정의를.

어쩌면 남들에게는 허세와 과장으로 치장된 말장난으로 보일 수 있겠다. 하지만 나는 그 좁디좁은 방에서 무언가를 만들어내어 그것을 밥과 바꿨다. 그렇게 먹은 몸을 누이고, 그 상태에서 새로운 무언가를 상상하고, 다시 그 상상을 토대로 무언가를 만들었다. 그 덕에 나는 다시 보통 사람으로 살 수 있었다. 내게 방은 새로운 시작을 가능하게 해준 공간이다. 또 앞으로도 무한한 가능성을 제공해줄 곳이다.

이상한 걸까.
그런 방을 우주에 비유하는 것은.

방을 우주로 여기면서부터 더 이상 방에서 탈출해야 한다는 강박에 시달리지 않게 됐다. 오히려 편해졌다. 그뿐 아니라 이 '좁은' 우주 속에서 휴식과 사색을 즐기는 갖가지 여행법도 하나하나 터득해갔다.

이것은 히키코모리의 자위나 변명에 대한 이야기가 아니다. 적어도 이 방, 이 우주에서 나는 당당한 여행자다. 그 옛날 한 아가씨에게 어깨를 빌려준 어떤 목동만큼, 어쩌면 그보다 더 많은 별을 바라보는 관찰자다.

내 모든 이야기가 끝나면 당신의 이야기를 듣고 싶다.
당신의 우주는 어떻고,
그 속에서 당신은 어떤 여행을 해오고 있는지.

                                                          잠들지 않는 밤으로 히치하이킹

내 방, 우주가 보이는 작은 섬

내 방 소개 1. 좁다

/

내 방은 늘 작았다.

문을 열고 몇 걸음 걸으면 끝. 누워서 뒹굴면 순식간에 무릎이 벽에 닿고는 했다. 넓은 방에서 지낸 적도 있지만 혼자 쓰는 방이 아니었다. 누군가와 함께 방을 써본 사람은 안다. 그 방의 딱 반이 온전히 자기만의 공간이 되지는 않는다는 걸. 엄밀히 따지면 내 공간이란 사실 없다는 걸.

항상 작은 방에서 혼자 혹은 다른 사람과 지내버릇해서 그런지, 내게는 별난 잠버릇이 없다. 이를 가는 일은 꿈도 못 꿔봤고, 일단 누우면 얌전해진다. 가끔씩 옆으로 돌아눕는 게 전부. 아침에 눈을 떴을 때 엉뚱한 곳에 몸이 가 있는 일도 물론 없다. 어지간하게 피곤하지 않으면 코도 거의 골지 않는다.

마치 누가 내 옆에서 자고 있는 것처럼
그렇게 조심조심 잔다.
오랜 시간, 몸이 작은 방에 길들여진 것이다.

지금 내가 지내는 방도 작다. 정확한 넓이는 모르지만 하여간 좁아 터졌다. 침대, 책상, 서랍장, 의자가 방의 대부분을 차지하는데, 엉덩이를 깔고 앉을 자리도 마땅치 않다. 누가 놀러 오기라도 하면 한 명은 침대에 다른 한 명은 의자에 앉아야 한다. 만약 두 명이 놀러 오면? 그런 적은 없지만 아마 두 명은 침대에, 한 명은 의자에 올라가 삼각형을 이루어 앉아야지 싶다. 아니면 아예 방을 나가든가.

방이 좁다고 살림살이까지 적은 것은 아니다. 어릴 때부터 무언가를 잘 모으는 통에 내 방은 항상 물건들로 북적인다. 내 물건이 전부 내 방에 있는 것도 아니다. 자리가 없어 다른 곳에 둘 수밖에 없다. 우선 책. 내 방에는 글 쓰는 사람이 맞나 싶을 정도로 책이 없다. 거의 다 거실로 나가 있다. 그리고 기타. 사람들이 기타를 배우려고 하는 이유 중 하나가 휴대가 간편하고 자리를 많이 차지하지 않아서다. 그런 기타를 나는 세 개 가지고 있는데, 모두 내 방에 놔뒀다가는 내 잠자리마저 잃어버릴지도 모른다. 그래서 자주 쓰는 한 개만 방에 두고 나머지는 부모님 방에 놔둔다. 한때는 베란다 창고에 모셔둔 적도 있으니, 녀석들로서는 출세한 셈이다.

마지막으로 옷. 나는 내 옷이 어디 있는지 정확히 모른다. 엄마는 계절이 바뀔 때마다 그 계절에 맞는 옷을 어딘가에서 꺼내와 서랍장에 넣어둔다. 대체 내 옷이 어디에 들어 있다가 돌아오는지 궁금해한 적이 별로 없다. 그저 작은 집에 익숙한 어머니가 어딘가에 잘 숨겨뒀을 거라고 믿을 뿐이다. 가족에 대한 믿음은 때로는 그런 사소한 데서 티가 나기도 한다.

내 방 소개 2. 어지럽다

/

여하튼 방이 작으면 잘 치워야 한다. 그래야 필요한 물건을 제때 찾을 수 있고 물건에 걸려 자빠지지 않는다. 헌데 나는 그렇지 못하다. 여간해서는 치우지도, 정리정돈도 하지 않는다. 부끄럽지만, 한마디로 난장판이다. 침대 한쪽 끝에는 보다 만 책과 각종 고지서, 잡지가 널려 있고 책상 위에는 온갖 잡동사니가 뒤섞여 있다. 방바닥에는 가방이며 벗은 옷, 양말, 조준이 빗나간 휴지 등이 저마다의 영역을 지키며 앉아 있다.

그러니 평소 안 쓰던 물건을 찾으려면 한참을 뒤적여야 하고, 비록 몇 발자국 안 되지만 방 안을 서성이려면 조심해야 한다. 또 언젠가 나를 뛸 듯이 기쁘게 했던 연애편지라도 찾아 읽을라 치면 각오를 단단히 해야 한다. 또 하나의 난장판인 서랍까지 헤집어야 하니까.

물론 나는 내 방의 어지러움을 신경 쓰지 않는다.
그저 익숙하다. 편하고 정겹기까지 하다.
그뿐인가. 앞서 말했듯 내 방은 하나의 작은 우주다.

이 무슨 해괴한 소리냐고 반문할 수도 있겠지만 내게는 내 방에 어지럽게 솟아 있는 각종 물건이 하나의 별 같다. 이를테면 한때 떠오르는 아이디어를 적고는 했지만 지금은 방치된 화이트보드가 그렇다. 스피커 위에 쌓여 있는 듣다 만 CD며, 한창 필름 카메라에 빠져 있을 때 잔뜩 쌓아둔 필름들 역시. 이미 가치를 상실한 지난해의 달력, 요즘 나오는 조명에 비하면 보잘것없는 밝기의 스탠드, 모두가 내게는 그 옛날 목동을 애수에 잠기게 만들었던 별과 다름없다.

내 방 소개 3. 혼자 지내는 섬
/

그러나 내 방에 발을 들여놓는 이방인은 나와 같은 생각을 하지는 않을 게 분명하다. 아마 모르는 사람이 보면 사람 사는 방이 맞는지, 사람이 살아도 혹 그 사람이 말로만 듣던 '폐인'은 아닌지 궁금할 것이다.

가만 보면 엄마도 아들이 잘 살고 있는지, 폐인이 된 것은 아닌지 궁금해하는 것 같다. 종종 내 방에 들어와 그나마 당신이 손 댈 수

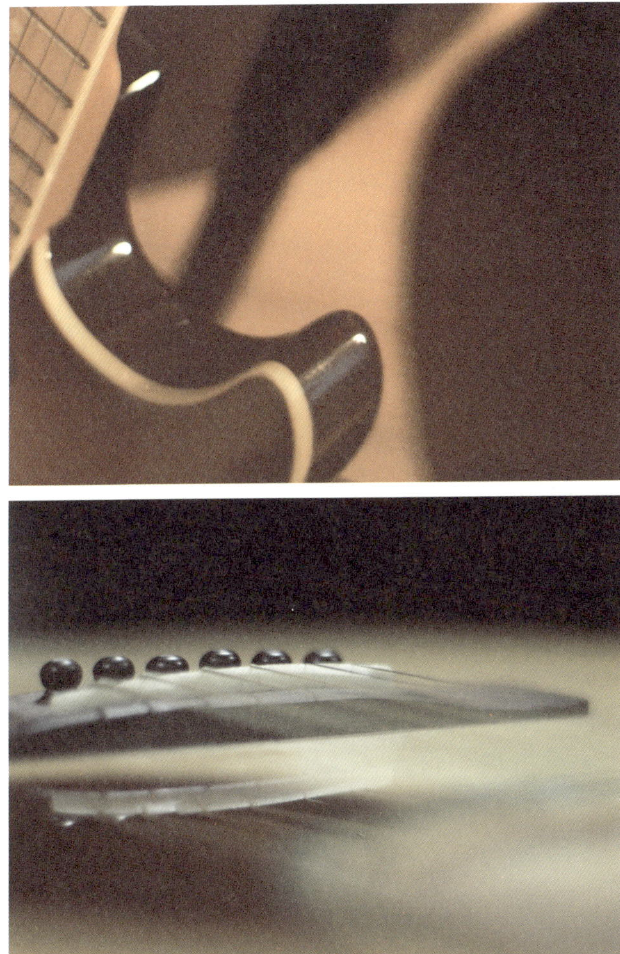

있는 방바닥을 정리해주거나 "여기가 사람 사는 곳이냐, 돼지우리냐?"고 묻는 것을 보면 말이다. 아버지? 유난히 정리정돈을 좋아하는 아버지는 내 방에 눈길도 잘 주지 않는다. 아버지에게 자신의 집에 붙어 있는 아들의 방이란 외딴 섬이다. 마치 지정학적, 역사적 가치가 전혀 없어 굳이 돌볼 필요가 없는 그런 섬.

그 섬에서 내가 하는 일 중 하나는 노는 거다.
혼자서 참 잘 논다.
방에서만큼은 전국구 날라리인 셈.

취미가 많아서 가능한 일이다. 제법 깊이 빠져들었다고 할 만한 게 네댓 개, 근근이 즐겨오는 것도 여러 개다. 즐기다 그만둔 것도 꽤 된다. 최초의 취미는 보통 남자아이들이 그렇듯 비디오 게임이다. 일곱 살 때 처음 시작해 지금도 하고 있다. 그 외에 영화 보기, 만화책 보기, 애니메이션 보기, 프라모델 조립하기, 기타 치기, CD 수집, 음악 듣기 등 다양한 취미를 방에서 즐긴다.

오랜 시간 그래와서인지 내게 취미는 특별하다. 사랑과 거의 동급이다. 나와 손을 잡고 걸었던 사람들이 들으면 섭섭해할지 모르지

만 정말 그렇다. 언젠가 이런 글을 읽었다. 폴 오스터가 자신의 소설《달의 궁전》에서 사랑에 대해 쓴 말이다.

"사랑이야말로 추락을 멈출 수 있는, 중력의 법칙을 부정할 만큼 강력한 단 한 가지 것이다."

이 문장에서 사랑을 취미로 바꿔도 의미가 통한다고 말하고 싶지는 않다. 다만 우리 삶에서 사랑이 추락을 멈출 수 있을 만큼 강력한 것이라면, 취미는 그 멈춤을 유지하거나 원상태로 끌어올릴 수 있는 또 하나의 강력함이라고 생각한다.

언젠가는 꼭 갖고 싶은 방이 있다. 놀이방이다. 자식을 위한 게 아닌 나를 위한 놀이방. 거기에 여러 취미를 즐기는 데 필요한 모든 것들이 갖춰져 있는 것이다. 여러 명이 들어와 북적여도 괜찮다. 꽤 넓으니까. 평소에는 환하지만 커튼을 치면 완벽한 암실로 변한다. 그러면 널찍한 소파에 누워 대형 스크린으로 영화나 애니메이션을 보면 된다. 소파나 스크린은 버튼 하나만 누르면 바닥이나 벽에서 스르륵 나온다. 고정식보다는 그게 더 폼 날 것 같다.

이 정도는 아니지만 사실 초등학교 때 비슷한 방을 본 적이 있다. 한 친구네 집에 놀러 갔는데 순전히 장난감만 모아둔 방이 따로 있었다. 그 방에서 나는 친구와 도미노를 하고 놀았다. 블록으로 우리는 정말이지 긴 길을 만들었다. 그만큼 넓은 방이었다. 모든 블록을 세운 뒤 시작한 자리로 돌아가 첫 번째 블록을 쓰러뜨렸다. 좌르륵 넘어지는 블록들은, 내 방에서라면 이미 벽에 닿아 멈췄을 시간에도 여전히 쓰러지고 있었다. 언제쯤 그런 방을 가질 수 있을까. 언제가 될지 모를 그때를 기다리며, 이 섬에서 나는 논다. 그리고 일한다. 그저 혼자, 또 묵묵히.

아무리 좁고 어수선한, 그리고 인적이 드문 섬이라도 하늘은 보이고 우주도 그려지는 법이다. 그 섬에서 쉴 때면, 나는 가만히 누워 창밖에서 들리는 소리를 모은다.

바야흐로 여행의 시작이다.

 잠들지 않는 방으로 히치하이킹

소리를
모으는 사람

소리 하나. 자박자박

/

"다다다다다."

뛰는 소리다. 아이들은 뭐가 급한지 자주 뛰어 다닌다. 아니, 급하다는 것은 나이 든 사람의 착각일 터다. 아이들의 발소리에는 다급함이나 초조함이 없다. 한없이 경쾌하다. 마치 속도의 한계점에 다다르면 그대로 날아가버릴 것 같은 가벼움이 아이들의 발소리에는 묻어난다. 그렇다면 그저 즐거워서 뛰는 게 아닐까. 늘 놀이를 찾는 아이들이, 어딘가를 오가는 시간조차 즐거운 놀이로 만들기 위해 그렇게도 뛰어다니는 것은 아닌지. 그런 생각을 하면 배시시 웃음이 난다.

아이들의 소리를 나는 창을 통해 듣는다. 내 방 책상 위에 붙은 창. 머리를 들면 하늘이 보이고 무릎을 펴면 아파트 복도는 물론 동네 전체가 멀리 눈에 들어온다. 이 창을 나는 잘 닫지 않는다. 엄마는 창을 닫기 싫으면 블라인드 커튼이라도 내리라고 성화다. 복도를 오가는 사람들이 내 방을 들여다볼까 걱정인 게다. 눈곱 낀 눈과 멋대로 솟은 머리카락을 이웃에게 보이는 게 마뜩하지 않기는 하다. 눈이라도 마주칠까 가끔 걱정도 된다. 하지만 크게 신경 쓰지는 않는다. 그러거나 말거나 창을 열어젖히고 묵묵히 할 일을 하거나 누워서 천장을 본다.

그러다 햇빛이나 달빛이 이마 위에 올라오면 나는 귀를 연다.
그러면 동네 한복판에 선 기분이다.
아이들의 발소리 같은,
창밖에서 들려오는 소리에 그런 기분이 든다.

대체로 사람들은 주변 소리에 무심한 편이다. '꽝!' 하는 폭발음이
라면 또 모를까, 매일 비슷하게 들리는 소리들은 대수롭지 않게
넘긴다. 여행지에서도 마찬가지. 풍경을 사진에 담아 오는 경우는
많지만 여행지의 소리를 모아 오는 사람은 드물다. 하지만 조금만
귀 기울이면 소리는 우리에게 많은 이야기를 들려준다. 새로운 기
분을 담고 떠다니는 이야기를.

아이들의 발소리만 해도 그렇다. 어린이집이나 학교로 향하는 올
망졸망한 발소리. 거기에는 몽실몽실한 신발의 아늑함이 섞여 있
다. 이 소리가 햇살에 녹아 자박자박 방으로 흘러들어오면 그 조
그마한 발의 하루가 그려진다. 그 발이 종일 바라보는 세상은 나
의 세상과 다를 것이다. 더 투명하고 아름답지 않을까. 늘 어제와
다른 발바닥으로 아침을 맞는 것. 그 맑음이 부러워, 나는 더 이상
자라지 않는 발을 주무르고는 한다.

소리 둘. 슈웅

/

집 오른편에 좁은 이차선 도로가 있다. 그리 붐비는 도로가 아니

어서 자동차 소리는 뜸하게 들린다. 따라서 신경질적인 경적 소리나 급정지하는 소리를 들을 일은 거의 없다. 대체로 이런 소리만 반복적으로 들린다.

"슈웅."

빠르지도, 느리지도 않게 도로를 달리는 자동차 소리. 이 도시 어느 곳에서나 들을 수 있는 그 흔한 소리는 방 안에 있는 나를 가끔 안심시킨다.

영화의 한 장면을 기억한다. 배경은 어느 도시다. 어떤 이유에서인지 도시는 기능이 정지된다. 도시에 가득 찬 정적. 자동차는 멈춰 서고 사람들은 밖으로 나온다. 정적을 깨는 사람들의 말소리. 시끄럽게 떠들지만 도시는 여전히 잠들어 있는 듯 보인다. 그런 장면을 보며 이런 생각을 했다. 저기에 자동차 소리가 더해지면 어떨까. 실패한 장면으로 평가받겠지? 꼼꼼하게 연출된 정적이 물렁해질 테니까. 자동차는 깨어 있는 도시의 상징이니까.

어느 깊은 밤 만약 창밖에서 그 '슈웅' 하는 소리가 들리지 않으면 어떨까. 어쩌면 나는 그 영화 장면을 떠올리며 엉뚱한 상상을 할지도 모른다. 그러고는 혼자 이렇게 묻지 않을까.

창밖에서 들리는 자동차 소리는, 눈으로 확인하지 않아도 이 도시가 여전히 깨어 있음을 알게 해준다. 사람들이 존재하고 정상적으로 기능하는 도시에, 다행히 내가 살고 있음을 확신하게 해주는 사이렌인 셈이다. 달리 말하면 '슈웅'은 문득 외로움의 공포에 빠질지 모르는 나약한 사람을 위해 이 도시가 건네는 위로와 격려다.

소리 셋. 째앵
/

오토바이 소리는 자동차 소리와 닮았다. 하지만 느낌은 전혀 다르다. 적어도 내 방에서 들려오는 오토바이 소리의 대부분은 집배원이나 음식 배달원, 퀵서비스 직원의 것이다. '부릉' 혹은 '째앵' 하는 무덤덤한 기계 소리에는 땀이 담겨 있다. 종일 두 개의 바퀴에 몸을 싣고 생존을 도모하는 거룩한 모습이, 그 소리에는 있다.

비슷한 소리가 많다. 퇴근하고 돌아오는 직장인의 발소리, 상가에서 장사를 준비하거나 폐장할 때 내는 이런저런 소리, 야쿠르트 아주머니의 수다 소리, 상품을 홍보하거나 수금을 목적으로 누르는 벨소리, 부지런히 이삿짐을 나르는 소리. 이 모든 소리에는 땀이 배어 있다. 그래서 아무 인연이 없는 소리라도, 그 속의 땀을 알아채는 순간 안심이 된다. 비록 같은 일은 아니어도, 혼자 외롭게 일하는 사람이 나뿐만은 아니라는 생각이 드니까. 만약 그런 소리들이 없다면 방에서 가만히 앉아 타자를 치는 내 손은 너무 쓸쓸할 것이다.

소리 넷. 빵- 빵-

/

어느 일요일 오후였다. 늘 그렇듯 나는 책상 앞에 앉아 있었다. 좋은 날이었다. 적당히 부서지고 남은 햇살과 산들산들한 바람이 방을 돌아다녔다. 어떤 소란의 조짐도 보이지 않았다. 주말이면 이따금 함성을 질러대는 건너편 학교도 내내 침묵. 거리에는 드문드문 사람들이 다녔다. 가끔 요란하게 행사를 벌이는 공원도 이날은 잠잠했다. 한가하고 나른한 시간이 흐르고 있었다.

 잠들지 않는 방으로 히치하이킹

“빰– 빰–.”

땅이 붉어지려 할 즈음 음악 소리가 들렸다. 색소폰 연주 소리. 스피커를 거쳐 나오는 소리가 아니었다. 누군가 직접 불고 있었다. 꽤 멀리서 연주 중인 걸까. 소리는 희미해 잘 잡히지 않았다. 하지만 분명 소리는 끊어지지 않고 찬찬히 하나의 음악을 만들어내고 있었다. 그 모호한 분위기와 서두르지 않음에 끌려 가만히 연주를 들었다. 얼마 뒤 연주는 멈췄다. 창에는 밤이 내리고 있었다.

한동안 연주 소리는 들리지 않았다. 내가 방에 없을 때 연주한 걸까. 어쩌면 다른 소리에 묻혀 듣지 못했던 것일지도 모른다. 그렇게 잊고 지내던 어느 날 다시 들려왔다. 여전히 희미하고 느린 음악이다. 다시 한 번 가만히 연주에 집중했다. 하지만 음악은 귀에 잘 들어오지 않았다. 음악은 다른 소리에 튕겨 멀리 달아나는 것 같았다. 소리를 쫓아 급기야 밖으로 나갔지만 행방은 묘연했다. 결국 나는 포기했다.

그날 색소폰을 연주하던 사람을 머릿속에 그려봤다. 프로 연주자일까, 아니면 전공하는 학생? 어쩌면 취미로 악기를 다루는 사람일 수도. 여자일까, 남자일까? 관악기의 원리라도 알면 대충 감이 올 텐데 궁금해도 알 수 있는 게 없으니 답답했다.

잠들기 전 다시 그 아늑한 선율을 들을 수 있기를 바라며, 얼굴도 모르는 사람을 위해 마음속으로 중얼거렸다. 기도라면 기도랄까.

"당신이 불었던 그 악기를 오래오래 사랑해주세요. 가능하다면 다시 한 번 연주해주세요. 그 희미하고 느린 음악을. 이 도시에는 그런 연주가 필요하거든요. 다음에는 꼭 당신의 소리를 모아두고 싶어요. 여기 가슴에."

소리를 모으던 사람

/

소리를 모으려고 두리번거리다보면 문득 몇 년 전 세상을 떠난 할머니가 떠오를 때가 있다. 할머니는 글을 몰랐다. 당신의 이름 석 자조차 쓰지 못했다. 자연히 할머니는 오직 자신의 감각에만 의지해 이 도시에서 살았다.

 잠들지 않는 방으로 히치하이킹

그랬던 할머니. 언제부터인가 이야기를 듣는 중간에 빙그레 웃고는 했다. 그러면서 귀를 앞으로 내밀었다. 잘 안 들린다는 표시였다. 정도는 갈수록 심해져서, 할머니와 대화를 하려면 상대방은 같은 말을 몇 번씩 반복하고 목청을 높여야 했다. 원래 살가운 성격이 아닌데다 유독 철이 없던 나는, 그게 싫고 귀찮아 할머니와 말을 거의 하지 않았다. 할머니는 당시 나와 함께 방을 썼다. 말하자면 할머니는 나의 룸메이트였던 셈이다. 손자의 침묵에 할머니는 덩달아 침묵해야 했다. 그러다 보니 우두커니 방에 앉아 있는 게 할머니의 일과가 됐다. 그렇게 앉아서 할머니는 무얼 했을까.

혹시 나처럼 이 도시의 소리를 주워 모으려
잘 들리지 않는 귀를 세우지는 않았을까.
그러면서 나처럼 온갖 상상을 하며 노년의 시간을 보낸 것은 아닐까.

어쩌면 "들을 수 있다는 게 얼마나 고마운지 아는 사람은 귀머거리뿐입니다"라는, 헬렌 켈러가 자서전에 남긴 것과 비슷한 말을 머릿속 노트에 자신의 언어로 쓰고 있었는지도 모른다.

부끄럽게도 나는 할머니가 무슨 소리를 들으며 하루를 보냈는지

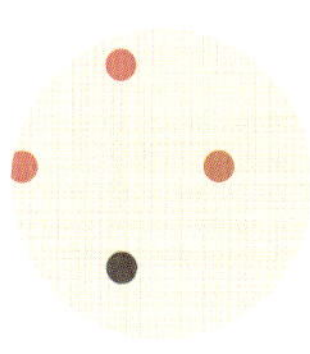

단 한 번도 묻지 않았다. 그저 이제야 짐작할 뿐이다. 노년에 겪었을 그 짙은 고독을. 할머니의 그 고독을 생각하면 지금 내가 듣고 있는 이 소리들에 퍼런 멍이 든다.

소리 여행

/

방에서 떠나는 이 여행은 시작도, 끝도, 기간도 늘 다르다. 잠깐 고개를 들다 절로 시작되기도 하고 책장을 넘기다 질릴 때 시작되기도 한다. 그렇게 정신을 놓고 있다가 다시 하던 일에 매달리는 순간 여행은 끝난다. 어떤 때는 하던 일을 모두 멈추고 아예 드러누워 한참 귀를 기울인다. 그러다 스르륵 잠이 들기도 하는데, 그건 그 나름대로 좋은 일이다.

어떻든 간에 소리 여행은 즐겁고 행복하다. 때로는 물기가 밴 아련한 소리에 마음을 쿡 찔릴 때도 있지만, 느껴지는 모든 감정은 소중하다. 어쩌면 창밖에서 들려오는 무수히 다양한 소리는 이 도시가 매일 내게 주는 선물일지도 모른다.

당신 역시 다가오는 소리에 귀 기울이길 바라며,
나는 오늘도 귀를 연다.
방금, 아이의 발소리가 들렸다. 다다다다.

그녀가
머무르던 방

침대가 놓인 방

/

남매는 침대를 갖고 싶었다.

아이들이 장난감을 원하는 마음과 비슷했다. TV에서 침대는, 완벽한 자기만의 공간으로 묘사되고는 했다. 따뜻하고 편안해 보였으며, 거기에 누워 무언가를 하면 다 잘될 것 같았다. 자기 침대에 누워 자거나 책을 읽는 아이는 왠지 모르게 귀티가 나는 것도 같았다. 엄마에게 혼이 난 드라마 주인공이 자기 침대에 픽 쓰러져 토라지는 모습도 괜히 우아해 보였다.

하지만 우리는 침대를 가질 수 없었다. 돈도 돈이지만 일단 침대가 들어갈 만한 공간이 없었다. 무리해서 침대를 들여놓으면 정작 중요한 가재도구가 이슬을 맞아야 할 정도로 집은 비좁았다. 그걸 아는 우리는 생각만 할 뿐 입 밖으로는 잘 내지 않았다. 가끔 침대가 있는 친구 방에 놀러 가면 부러웠다. 거기서 나는 방방 뛰거나 레슬링을 하며 놀았다. 동생은 그런 친구 방에 가면 뭘 했을까. 침대 한편에 가지런히 놓여 있을 인형들을 가지고 놀았을까.

우리는 서로 묻지 않았고,
잘 때가 되면 묵묵히 이불을 폈다.
가끔 자다 눈을 뜨면 동생은 내 팔뚝을 꼭 쥔 채 자고 있었다.

침대가 생긴 것은 스무 살이 넘어서였다. 동생은 이사 가기 전 침대를 사달라고 했다. 새집에서 본 동생의 침대는 근사했다. 하얀 시트와 이불, 푹신해 보이는 베개 그리고 한편에 놓인 인형 몇 개까지. TV에서나 보던 그런 침대였다. 그날 침대에 앉아 있는 동생은 그 어느 때보다 행복해 보였다. 부러웠지만 크게 내색하지 못했다. 한 번도 자기 방을 못 가져본 동생이었다. 이번에는 양보하는 게 맞았다. 그날 나는 할머니와 이불을 펴고 잤다.

할머니의 장례를 치르고 얼마 뒤 내 침대를 갖게 됐다. 동생 것보다 크고 단단한 침대였다. 마음에 쏙 들었는데, 얼마 못 썼다. 동생이 결혼하면서 방을 바꾼 것이다. 상대는 언젠가 집에 늦게 들어가던 날 본, 아파트 벤치에 동생과 앉아 있던 남자였다. 동생과 눈이 마주쳤지만 우리는 서로 모르는 척했다. 그때는 몰랐다. 동생이 그렇게 빨리 결혼할지는. 미리 알았더라면 그날 밤 나는 훼방을 놨을지도 모른다.

동생이 떠난 뒤 한동안 나는 동생 침대를 썼다. 침대를 바꾸는 과정이 복잡해서였다. 남겨진 내 침대는 부모님이 썼다. 부모님에게는 첫 침대였는데, 생각만큼 편하지는 않았나보다. 얼마 안 가 침대를 버리겠다고 선언했다. 아까운 마음에 내가 쓰겠다고 했다. 얼마 뒤 아버지와 나는 힘을 합쳐 동생의 침대를 빼내고 원래 내 침대를 들어 넣었다.

그 과정에서 매트리스를 들어낸 동생의 침대를 봤다. 드러난 뼈대는 빈약했다. 매트리스를 지지하던 한쪽 다리는 조금 무너져 있었다. 남자인 내 몸을 버티지 못해 그리 된 것 같았다. 작은 동생의 몸만 겨우 받아낼 수 있는 허술한 침대였던 것이다. 아마 큰돈을 들

여 좋은 침대를 살 형편이 안 됐던 부모님의 피치 못할 선택이었지 싶다. 그 침대를 사기 위해 발품을 팔고 가격을 흥정했을 엄마의 얼굴에, 이사 온 첫날밤 그 침대 위에 누워 들뜬 마음으로 잠을 청했을 동생의 얼굴이 겹쳐져 마음이 짠했다.

침대를 버리면서 동생 생각이 났다. 물어보지도 않고 버려도 되는 걸까. 돌이켜보면 쓸데없는 걱정이었다. 동생의 신혼집에는 마치 그간의 한풀이라도 했다는 듯 으리으리한 침대가 떡하니 놓여 있었다. 그걸 보며 지난밤 훼방을 놓지 않고 모른 척 지나간 게 올바른 선택이었음을 깨달았다. 그날 나는 태어난 지 얼마 안 된 조카를 안고 그 침대에 앉아 침대만큼 큰 TV를 보며 또 한 번 동생의 침대를 부러워했다.

이런 생각이 든 것은 방에 남겨진 자국 하나 때문이다. 내 침대 위, 그러니까 머리를 두는 쪽 벽에는 자를 대고 그은 것 같은 자국이 있다. 그 선 아래쪽은 그 위쪽보다 색이 더 뽀얗다. 아마 동생의 침대는 내 침대보다 조금 높았던 것 같다. 몇 년 동안 벽에 딱 붙어 있던 침대를 빼내자 그런 자국이 드러난 것이다. 말하자면 그 자국은 이 방에 동생이 살았음을 증명하는 흔적이다.

 잠들지 않는 방으로 히치하이킹

방은 기억한다

/

막 지은 새 집이 아닌 이상 방에는 사람의 흔적이 남아 있기 마련이다. 형태는 다양하다. 가장 흔한 것은 어떤 자국이나 얼룩, 생채기. 그 외에 구석에 처박힌 물건, 방 어딘가에 돌아다니는 종잇조각도 흔적이 되어 그 사람을 기억한다. 그래서 방은 하나의 거대하고 입체적인 일기장과 같다. 가끔 나는 그 일기장을 뒤적이며 동생의 한 시절을 더듬는다.

내 침대 끝에는 손이 쑥 들어갈 정도의 틈이 있다. 거기에는 천 주머니에 꽁꽁 싸인 노트북이 있는데, 결혼하기 전 동생이 쓰던 물건이다. 동생은 웹디자인 일을 했다. 실력은 글쎄. 자기가 만들었다고 보여줬던 홈페이지는 화려한 디자인의 다른 홈페이지에 비해 평범했다. 그러고 보니 언젠가 뚝딱 만들어준 내 개인 홈페이지도 그야말로 단순했다. 한 아이가 나무 아래서 책을 읽는 그림이 하얀 바탕 정 가운데에 놓여 있었다. 그 단순함이 마음에 들었다. 시답잖은 글을 이따금 올리던 그 홈페이지는 방문자가 거의 없어 1년 정도 운영하다 그만뒀다. 무용한 것은 무용한 대로 의미가 있는 법인데, 그땐 그걸 잘 몰랐다.

직장인이었던 동생은 여러모로 대단해 보였다. 몇 번 회사를 옮겼는데 그때마다 이력서를 쓰고 면접을 보고 하는 동생이, 학생이었던 내 눈에는 신비로워 보이기까지 했다. 가장 놀라웠던 것은 자기가 번 돈으로 무언가를 사줄 때였다. "한 입만" 하며 동생이 끓인 라면이나 아이스크림을, 말 그대로 한 입에 해치우며 동생을 울상 짓게 만들던 내게 동생은 이따금 베풀었다. 집에서 빈둥거릴 때면 먹을 걸 사주고, 생일이면 내가 좋아하는 고가의 게임 CD나 음반을 사줬다. 그때마다 신이 나 넙죽넙죽 잘 받았다. 그뿐인가. 용돈이 궁하면 그렇게 받은 선물을 팔아치우기도 했다. 그럴 때마다 동생은 "어떻게 선물로 준 것을 팔아먹냐"며 눈을 흘겼다. 내 대답은 한결같았다.

"내 건데 무슨 상관이야."

어리석은 짓이었다. 선물 받은 물건을 파는 순간 추억도 동시에 사라진다. 그것은 고장을 내거나 잃어버려 추억에 금을 내는 것보다 더한 비극이다. 그 사실을 그때는 몰랐다. 동생은 그 일들을 기억하고 있을까. 요즘 우리는 그 옛날 묵묵히 서로의 이불을 펼 때처럼 생일이면 그저 필요한 게 있는지 물어본다. 언제부턴가 동생은 시큰둥하게 대답한다.

"글쎄."

딱히 필요한 게 없다는 말이다. 애 엄마가 되어서 그런지, 남편이 너무 잘해줘서 그런지 모르겠다. 이유야 어찌 됐건 그 말이 아쉽다. 이제야 뭘 좀 해줄 수 있게 됐는데 필요한 게 없다니. 그냥 돈으로 줄까 하다가 그러기에는 뭔가 아쉬워 엄마에게 카드를 맡긴다.

"옷이나 한 벌 사다주세요."

내가 직접 산 적도 있기는 하다. 그때 꽤나 고생스러웠다. 매장에 들어갔는데 무엇을 사야 할지 깜깜했던 것이다. 그때서야 알았다. 내가 동생의 취향을 전혀 모른다는 걸. 동생 나이 서른이 되도록 그렇게 무심하게 지냈다. 이제라도 물어볼까 하다가도 괜히 낯간 지러워 질문은 안으로 숨는다. 아마 평생 못 물어볼 것 같다. 지금 변하기에는 다정하지 않은 오빠로 산 시간이 너무 길다.

    잠들지 않는 방으로 히치하이킹

흔적이 알려주는 시간

/

책상 한구석에는 오래된 MP3 플레이어가 있다. 지금은 너무 흔할 뿐더러 스마트폰에 밀려 설 자리를 점점 잃어가는 그걸, 동생은 갖고 싶어 했다. 훗날 더 좋은 신제품을 산 뒤에야 내게 빌려줬는데 돌려주지 않아 아직도 내 방에 있다.

동생이 학생이었을 때 우리는 그것을 사러 갔다. 발품을 팔아 물건을 사는 게 당연하던 시절이었다. 그날 내가 동행자로 나선 것은 우리가 절친한 남매여서가 아니었다. 동생은 장사꾼에게 속아 바가지 쓸 일을 걱정했고, 그런 불우한 사태를 오빠가 막아줄 거라 믿고 있었다. 어렸을 때부터 전자상가를 돌아다니며 이것저것 사본 경험이 있는 나를, 동생은 나름대로 신뢰하고 있었나보다.

결론부터 말하면 나는 썩 믿음직하지 못한 오빠였다. 나는 짐짓 까다로운 고객인 척했으나, 닳고 닳은 장사꾼 앞에서 그런 허세가 통할 리 없었다. 나중에 알고 보니 그리 싸게 산 게 아니었다. 거기까지 가는 데 들인 시간이나 차비까지 생각하면 오히려 비싸게 산 셈이었다. 나는 그 사실을 동생에게 말하지 않았다. 진실을 아는

지 모르는지, 동생은 매일 귀에 이어폰을 꽂고 학교를 오갔다. 혹 친구들한테 자랑하지는 않았을까. 오빠랑 가서 싸게 샀다고. 어쩌면 오빠를 기죽이지 않으려고 모른 척한 것일지도 모른다. 늘 그렇듯 동생은 속내를 보이지 않았다.

이런 흔적이 내 방 곳곳에 있다. 온전히 내 것이 아닌가 하는 물건이라도, 곰곰이 뜯어보면 어떤 식으로든 동생이 얽혀 있는 경우가 많다. 아주 조금이라도 말이다.

가족이란 그런 것 같다.
의도와 상관없이 서로에게 때를 묻히고 흔적을 남기는 존재.

고맙게도 방은 그 때와 흔적을 이따금 드러내, 가족이 머물렀던 시간을 알려준다.

방이 사라지는 날
/

이 방에서 지내온 지도 벌써 몇 년째다. 분명 내 흔적도 어딘가에

새겨지고 있을 것이다. 언젠가 이 방을 떠나는 날을 상상한다. 그때면 엄마나 아빠가 이 방에 머무르며, 내가 남긴 흔적을 좇아 아들을 생각할까. 더 오랜 시간이 지나면 어떨까. 더 이상 가족 누구도 이 집에 살지 않게 되면. 세월을 견디지 못해 끝내 헐려버리면.

아마 동생과 나의 흔적은 사라질 것이다.
그리고 그때쯤이면 나는 어른이 되어 있으리라.
남은 것과 사라진 것에 마음 흔들리지 않는,
내가 생각하는 진짜 어른이.

지금 거실에서 동생이 아기를 안고 잔다. 어느 밤 내 팔뚝을 꼭 쥐던 동생의 손은 이제 자신의 아기를 안고 있다. 동생은 그렇게 먼저 어른이 되어가고 있다. 부럽다. 그 옛날 동생이 가졌던 침대처럼.

   잠들지 않는 방으로 히치하이킹

<h1 style="text-align:right">내 방과의
인터뷰</h1>

몽상의 기록

/

어렸을 때 방에 누워 천장을 바라보고는 했다.

거기에는 얼굴이 있었다. 꽤 무섭게 생긴 얼굴이었다. 물론 진짜 얼굴은 아니었다. 눈을 게슴츠레 뜨고 바라보면 천장의 무늬가 얼굴로 바뀌어 보이는, 어린애의 착각이었다. 저녁에 TV에서 무서운 영화라도 본 날이면 천장의 얼굴은 더 험악하게 변했다. 책에서 악당 이야기를 읽었을 때도 마찬가지. 그런 날이면 이불을 턱 끝까지 올리고 잤다. 게슴츠레 뜬 눈으로 바라본 것은 천장만이 아니었

잠들지 않는 방으로 히치하이킹

다. 집 안의 거의 모든 것을 그렇게 봤다. 그러면 실제와 전혀 다른 얼굴이 떠올랐다. 그게 신기해 툭하면 눈을 게슴츠레 떴다.

그러던 어느 날 아무리 눈을 게슴츠레 떠도 얼굴은 보이지 않았다. 흐리멍덩한 시야가 그저 답답했다. 그렇게 눈을 뜬 내 표정이 바보처럼 보인다는 사실도 그즈음 깨달았다. 언제부터인가 나는 눈을 게슴츠레 뜨지 않게 됐다. 얼굴은 사라졌다.

어쩌면 나는 기대했는지 모른다.
집 안 어딘가에 숨어 있을지 모르는 무언가를.
밤이 되면 새로운 세계가 열린다는 어느 동화 속 이야기를.

애니메이션 〈마루 밑 아리에티〉는 그래서 더 특별했다. 인간의 집에 더부살이하는 소인(小人)의 이야기를 다룬 그 작품. 소년 쇼우와 소인 아리에티가 눈을 마주치는 장면에서 나는 감격에 겨워 눈물이 날 뻔했다. 당시 내 나이 서른. 옆 사람을 의식해 울지 않으려고 입술을 꽉 깨물었다. 아, 이 야속한 세상아.

집에 돌아와 정말이지 오랜만에 눈을 게슴츠레 떠봤다. 아니나 다를까, 얼굴은 보이지 않았다. 더 이상 어찌할 수 없을 만큼 나이를 먹은 걸까.

그날 이후 몽상만 늘었다. 이제부터 당신이 읽을 글은 그 몽상의 기록이다. 묻는 이가 나, 답하는 이는 내 방이다. 잠깐 소개하자면 내 방은 아리에티만큼 귀엽게 생기지 않았다. 게다가 주인을 닮아 그런지 조금 까칠하다. 그래도 눈, 코, 입, 귀는 제대로 달려 있어 나를 관찰하는 데는 부족함이 없다. 아니, 그럴 거라고 믿는다. 뭐, 몽상이니까.

방이 나를 알고 있다
/

- 나는 당신을 우주라고까지 말한다. 자신도 그렇게 생각하나?
  그런 가치 판단은 내 몫이 아니다. 나는 그저 방일 뿐이다.

- 소각장 바로 옆에 있는데, 마음고생이 심했겠다.
  소각장이 들어선다고 했을 때 아주 난리였다. 주민들은 도로를 점거하며 시위까지 벌였다. 발암물질이 검출됐다고 가동이 중

    잠들지 않는 방으로 히치하이킹

단된 적도 있었다. 하지만 모두 옛이야기다. 지금은 덕을 많이 보고 있다. 혐오시설 운영에 대한 대가로 주민 편의시설이 들어섰다. 지역난방 요금도 할인 받는다. 안전하다고 자신할 정도로 오염물질 배출량은 현저히 줄었다. 경관도 예쁘게 변했는데, 이제는 혐오시설이 아닌 친환경시설로 각광받는다. 이름도 바뀌었다. 사람들은 자원회수시설이라고 부르더라. 시간이 해결해주는 것은 실연의 아픔만이 아니다.

• 분위기가 어수선하다.
거의 늘 그렇다. 당신은 잘 안 버리고 잘 쌓아둔다. 도대체 읽지 않는 책을 왜 침대에 몇 달씩 두는 건가. 언젠가 읽을 거라는 의지의 표시인가. 가만 보면 책을 너무 많이 산다. 제대로 다 읽지도 못할 거면서. 가끔 방을 치우기는 하지만 그때뿐이다. 얼마 못 가 지금과 같은 상태로 돌아온다. 잘 알면서 뭘 물어보나.

• 나를 별로 안 좋아하는 것 같다.
딱히 그렇지는 않다. 기특할 때도 많다. 특히 통장 잔고를 확인하며 콧구멍을 벌렁거릴 때 그렇다. 좁고 어쩌면 답답한 내 안에서 무언가를 만들어 돈을 버는 걸 보면 기특하다. 물론 액수

가 크지 않아 가엾지만. 또 종종 안쓰럽기도 하다. 그리 대단한 창작을 하는 것도 아닌데 글이 안 써지면 머리를 쥐어뜯으며 어쩔 줄 몰라 하다 그대로 잠든다. 재능 없는 인간의 모습이다. 어쩔 수 없다. 더 노력해야 한다.

• 재능 없는 인간도 성공할 수 있다고 생각하나?

글쎄, 그전에 성공이 무엇인지부터 정의해야 한다. 많은 돈을 버는 게 성공이라면 당신은 성공하지 못할 가능성이 크다. 도대체가 돈 안 되는 공상만 잔뜩 한다. 그렇다고 명예를 얻는 게 성공일까. 당신은 나서는 걸 별로 좋아하지 않는다. 어쩌다 잘돼서 알아보는 사람이 생길 수도 있겠지만, 지금 봐서는 그런 상황에 처하면 도망 다닐 것 같다. 이런 것을 보면 적어도 당신에게 돈과 명예는 성공의 척도가 아니다. 사실 잘 모르겠다. 내가 보기에 당신은 그저 '열심히 살다보면 무언가 하나는 이루겠지'라고 생각하며 사는 것 같다. 역시 재능 없는 인간의 모습이다. 당신이 성공에 대한 나름의 정의를 내릴 수 있는 인간으로 성장할 때쯤이면 알 수 있을까. 하여간 당신에게 성공은 나중에 생각할 문제다. 아직 젊으니까.

• 나는 여기서 뭘 하고 노나?

아주 잘 논다. 그것도 혼자서. 게임도 하고 책도 읽고 음악도 듣고 기타도 치고 인터넷도 하고 잠도 자고 가끔 편지도 쓰고 그런다. 가장 웃기는 모습은 기타를 칠 때다.

• 아니, 그게 어때서?

몰라서 묻나? 가끔 당신은 푹 빠져 기타를 친다. 특히 우울할 때 그런 것 같다. 어찌 됐건 그 모습이 재미있다. 평소와는 전혀 다른 표정과 몸짓이 나오니까. 우주를 유영하는 모습이랄까. 처음에는 가볍게 이런저런 곡을 연주하고, 그러다 점점 몰입한다. 완전히 자기만의 세계에 빠져서 헤어나오질 못한다. 마치 눈앞에 휘황찬란한 조명과 수많은 관객이 보이는 것처럼. 그러면서 거장들의 모습을 흉내 낸다. 당연히 닮은 구석이라곤 전혀 없다. 그래도 여기까지는 괜찮다. 최악은 노래까지 할 때다.

• 노래를 좀 하면 안 되나?

당신, 정말 노래를 못한다. 음악 하는 사람이 맞나? 듣기 괴롭다. 잘 알고 있지 않나. 대체 왜 노래를 여자친구에게까지 들려주나. 전화로, 그것도 두 시간 내내. 혹시 자신을 전화로 사랑 노래

 잠들지 않는 방으로 히치하이킹

WARNER BROS.
PAT METHENY

를 불러주는 로맨틱 가이라고 착각하고 있는 것은 아닌가? 그
렇다면 얼른 생각을 접어야 한다. 여자친구가 도망갈 것 같다.
분명히 들었다. 당신이 두 시간째 노래를 부르던 그날 밤, 전화
기에서 새어나온 그녀의 외침을. "제발 좀 그만해"라는 하소연.
잘하건 못하건 제멋대로 노래하는 그 꿋꿋한 모습이 대단해 보
이기는 했다. 하지만 좀 자제했으면 좋겠다. 부탁이다.

• 미안하다. 그래도 혼자 놀려면 어쩔 수 없다. 한심해 보이나?
인간관계가 의심스럽기는 하다. 얼마나 주변에 사람이 없으면
저러고 살까 싶어서. 인간들이란 서로가 서로를 불러내며 스스
로의 존재를 확인하고는 하지 않는가. 인간은 타인을 거쳐 자신
을 더듬는다. 헌데 당신은 그런 것에 그다지 관심이 없어 보인
다. 온라인이건 오프라인이건 인간관계 수준이 메마른 해골 같
다. 어쩌겠는가. 자신이 택한 삶이다. 가여워 보일 수는 있겠지
만 불우한 삶이라고 못 박을 수는 없다. 자족하는 삶의 형태는
다양하다.

• CD가 꽤 많다.
그러고 보면 참 구식이다. 요즘 누가 CD를 사나. MP3가 대세

인데. 아니지, 이제는 밖에서도 실시간으로 웹에 접속해 음악을 듣는 세상이 됐다. 기술은 그 정도로 진보했는데 당신은 여전히 돈만 생기면 CD를 사서 쌓아둔다. 누가 알아주는 것도 아닌데. 내가 보기에는 집착이다. 마치 그 CD에 MP3 파일에는 없는 뮤지션의 숨결이라도 녹아 있다고 믿는 것 같다. 아니면 CD에 얽힌 추억을 되새긴다든지. 가끔 알아듣지도 못하는 영어 가사를 들으며 깊은 생각에 잠기거나 눈물을 글썽이는 것을 보면 그런 생각이 든다. 이해한다. 인간은 우상을 만들어, 어떤 본질이 거기 담겨 있는 양 착각하기도 하니까. 그 착각의 힘으로 하루를 버티고 내일을 기대하기도 하니까.

• 좋아하는 음반이라도 있나?

당신은 툭하면 음악을 튼다. 예전에는 나름대로 체계를 갖고 음악을 듣는 것 같았는데, 요즘 보면 그렇지도 않은 것 같다. 그때그때 기분에 따라 음반을 고르더라. 알베르 카뮈는 한 에세이에서 "음악은 가장 완벽한 예술"이라고 썼다. 시공을 초월해 가장 완벽한 예술이 음악인지는 모르겠으나, 적어도 내게 음악은 이 공간을 가장 완벽하게 채워주는 예술인 것은 맞다. 따라서 내 구석진 틈까지 놓치지 않고 신경써주는 모든 음악을 사랑한다. 굳

 잠들지 않는 방으로 히치하이킹

이 하나를 꼽자면 팻 매스니(Pat Metheny)의 〈어느 조용한 밤(ONE QUIET NIGHT)〉이다. 이 음반에는 낯선 불편함과 익숙한 편함이 공존하는데, 당신에게서 전해지는 느낌과 닮았다. 그래서 좋다.

• 낯선 불편함?

모든 예술가의 뒷모습은 아름답다. 설령 그이가 무명의 예술가라도. 무언가를 만들어내는 뒷모습에는 순수하게 몰입하는 열정이 꿈틀거리기 때문이다. '죽이는 뒤태'는 근육으로 조각된 등이나 잘록한 허리에만 바치는 표현이 아니다. 창작에 몰입하는 예술가의 비뚤어진 어깨나 구부정한 등에서도 떠오른다. 카뮈가 말했듯 "인생이 시도하는 것을 예술은 실현해버린다"는 점 때문이다. 당신이 예술가는 아니다. 하지만 비참할 정도로 미미한 재능을 가지고 무언가를 만들어보겠다며 끙끙거리는 뒷모습에서 예술가의 그것과 비슷한 무언가가 전해진다. 아마 매일 날갯짓하는 수많은 청춘들의 뒷모습에서도 그런 게 느껴지지 않을까 싶다. 어찌 됐건 당신의 뒷모습은 괜히 낯설고 불편하다.

• 그러면 익숙한 편함은 뭔가?

평소 모습이다. 시시껄렁한 유머를 읽으며 좋아하는 모습, 다 먹은 과자 봉지를 아무 데나 팽개치는 모습, 전화요금이나 교통비가 통장에서 빠져나갈 때 인상을 찌푸리는 모습 등이 익숙하고 편하다. 이런 모습에서는 아무것도 느껴지지 않는다. 겨우 하루를 사는 인간이라는 생각이 든다.

• 혹 좋아하는 영화가 있는가. 아니면 싫어하는 영화라도?

둘 다 있다. 먼저 〈클라라〉라는 영화. 이 영화는 작곡가 슈만의 이야기를 다룬다. 영화에서 슈만은 창작을 할 때 방에 틀어박혀 나오지 않는다. 과연 그게 예술가 이전의 생활인으로서 할 짓인가라는 문제는 접어두자. 나는 그저 방이라는 공간의 무한한 가능성을 보여준다는 점에서 그 영화를 좋아한다. 싫어하는 영화는 〈주온〉이다. 이 영화는 익숙한 공간을 공포의 존재로 만든다. 방도 예외는 아니다. 당신은 이 영화를 좋아하는 것 같은데 나는 싫다. 나는 귀신을 들이지 않는다.

• 마지막으로 하고 싶은 말이 있다면?

내가 존재한 지 20년이 넘었다. 그동안 이 도시는 성장했고, 이

 잠들지 않는 방으로 히치하이킹

동네 역시 변신을 거듭했다. 세간의 평에 따르면 이곳은 살기 좋은 동네에 속한다. 예전과는 완전히 다른 평이다. 앞으로도 그럴까. 모를 일이다. 예전에도, 지금도 그리고 앞으로도 나는 관찰할 뿐이다. 몇 년간 당신을 관찰했다. 당신은 아주 조금 자랐다. 참 늦되다. 때로는 답답하지만, 인간의 성장을 관찰하는 일은 즐겁다. 당신은 언제쯤 어른이 될까. 제 힘으로 이 도시에서 방을 마련하는 순간일까. 이 질문에 당신이 하루빨리 답할 수 있게 되길 바란다.

chapter. 2

아마도　　이건,　　여행

시간이라는
크레파스

크레파스가 만들어낸 세계

/

작은 마당이 있는 집에 산 적이 있다.

마당 한쪽의 작은 대야는 늘 뒤집힌 채로 거기 있었다. 언젠가 엄마는 집에 온 내게 대야를 들춰보라고 했다. 아무 생각 없이 들춘 대야 안에는 크레파스가 다소곳하게 놓여 있었다. 생일 선물이었다. 아마 엄마는 아들에게 깜짝 선물을 해주고 싶었던 모양이다. 그래서 가장 은밀한 장소를 물색하다 찾아낸 곳이, 평소 있는 듯 없는 듯 자리를 지키던 대야 밑이 아니었을까.

그날 받은 크레파스는 전에 쓰던 것과 달랐다. 전에 쓰던 크레파스는 고작 10여 가지 색이었는데, 이번 크레파스는 그 수가 세 배 이상 됐다. 그 시절 다채로운 색의 크레파스는 꼬마들 사이에서 주목받게 만드는 효과가 있었다. 좋은 것은 그뿐이 아니었다. 가방 모양으로 생긴 케이스도 요즘 말로 '뽀대'가 났다. 몽당 크레파스를 수월하게 사용할 수 있도록 도와주는 플라스틱 꽂이도 들어 있었다. 더 이상 짧아진 살구색(당시 살색, 그때는 피부를 꼭 살색으로만 칠해야 하는 줄 알았다) 크레파스로 낑낑거리며 얼굴을 칠하지 않아도 된다는 생각에 가슴이 벅찼다. 나는 달뜬 표정으로 당장 스케치북을 꺼내 펼쳤다.

그림 그리기를 즐기던 나는 크레파스를 장난감만큼 좋아했다. 집에서 놀 때면 크레파스를 손에 쥐고 배를 깔고 누워 그림을 그렸다. 그러면 크레파스는 마법을 부렸다. 스케치북 위로 머리와 마음 사이를 떠돌던 것들이 남김없이 쏟아졌다. 그렇게 하나의 세계가 스케치북 위에 만들어지면, 나는 그 안에 들어가 놀았다.

크레파스가 만들어낸 세계는 근사했다.
온갖 상상이 둥둥 떠다녔다.

육교 위의 크레파스

/

크레파스가 다시 생각난 것은 엉뚱하게도 군대에서였다. 복무 기간 중 반을 철책 안에서 지냈는데, 그동안 초소에서 매일 근무를 섰다. 적이 오나 안 오나 망을 보는 것이었다. 실탄을 휴대하는 지역이었으나 일촉즉발의 긴장감이 흐르지는 않았다. 아니나 다를까, 적은 오지 않았다. 초반의 긴장은 몇 달이 지나자 실실 풀렸다.

조금 여유를 갖게 되자 평소에는 보이지 않던 게 눈에 들어왔다. 시간이라는 크레파스였다. 당시 나는 한번 나가면 보통 여섯 시간, 길게는 열 시간 넘게 근무를 섰다. 꼬박 서서 바라본 자연은 실로 경이로웠다. 특히 시간마다 변화하는 풍경은 마치 마법 같았다. 매 시간 다른 색깔의 그림이 그려졌고, 각각의 그림에는 온갖 상상의 싹이 움트고 있었다. 매일 그 싹에 물을 주며 다시 돌아갈 날을 셌다.

이후 이 도시로 돌아온 나는 크레파스를 잊고 지냈다. 얼른 현실에 적응해 이 도시에 맞는 사람이 되고 싶었다. 그러려면 취업 준비도 열심히 하고, 직장을 구하면 잘 안착해야 했다. 하지만 생각처럼 일은 술술 풀리지 않았다. 마음이 급해졌다.

졸업반이 되자 초조함은 배가됐다. 주변에서 들리는 소식은 하나같이 우울했다. 언제부터인가 시대 불변의 구호가 된 '경제가 어렵다'는 말은 새롭지도 않아 그러려니 했다. 누가 취직이 됐다고 하면 '혹시 나만?'이라는 의문에 가슴이 콩콩거렸다. 누가 떨어졌다고 하면 '혹시 나도?'라는 불안이 떠나지 않았다. 아무리 용을 써도 오르지 않는 토익 점수와 허허로운 이력서의 빈칸도 어깨를 축 처지게 했다. 가슴이 답답했다.

그러던 어느 날, 집에 가려고 육교를 건너다 문득 하늘을 봤다. 거기에는 한동안 잊고 지내던 크레파스가 있었다. '해질 녘'이라는 색깔의 크레파스. 몇 년 전 보았던 그 붉은색 크레파스는 자기 몸을 어둠에 녹이며 그림을 그리고 있었다. 그 모습에 막혔던 숨통이 트이는 것 같았다.

다시 시간의 변화에 주목한 것은 그때부터였다. 숨이 턱 막히고 가슴이 뻐근해질 때마다 가만히 시간이 그리는 그림을 들여다봤다.

신기하게도 거기에는 꼭 숨 쉴 틈이 보였다.
나는 그 틈을 통해 숨을 쉬면서 먹먹함을 흘려보내고는 했다.
그건 이 도시에서 벌어지는 나만의 짧은 여행이었다.

사람들은 알고 있을까. 시간이라는 크레파스가 이 도시를 얼마나 멋진 여행지로 그려내는지. 그리고 거기에는 얼마나 많은 이야기가 숨어 있는지. 또 얼마나 다양한 거울이 자기를 비춰주고 있는지. 그걸 모르는 사람을 위한 글이다. 하루를 쪼개고 쪼개는 이 여행기는.

낯선 시간으로의 여행

/

새벽은 내게 익숙하지 않은 시간대다.

12시, 늦어도 1시 이전에 잠드는 습관 때문이다. 꼬박꼬박 출근해야 하는 직장인도 아닌데, 몇 년째 바른생활 중이다. 1시를 넘기는 때도 물론 있다. 누군가와 밀린 수다를 떨거나 도저히 손에서 놓기 힘든 재미있는 책을 읽을 때 그 오랜 습관은 깨지곤 한다.

나름대로의 일탈인데, 그렇다고 해서 파격적이지는 않다. 끽해야

2시다. 1시 30분쯤 되면 잠이 쓰나미처럼 몰려오고, 어쩌다 2시에 가까워지면 슬슬 조바심이 난다. 그러다 2시에서 1분이라도 지나면 잠들려고 기를 쓴다. 일단 2시를 넘겨 자면 생활 리듬이 단숨에 무너져 다음날은 종일 피곤하기 때문이다. 말하자면 새벽 2시는 내 몸이 버틸 수 있는 한계점이다. 이러니 새벽, 특히 새벽의 절정이라 할 수 있는 2시 이후의 시간은 늘 묘연하다. 어쩔 수 없이 깨어 있어야 할 상황이 아니라면 버티고, 기다리고, 참아내야 맞을 수 있는 순간이다.

이 정도로 새벽을 힘겨워한다면 굳이 새벽을 일상에 편입시키려 하지 않는 게 정상일 터. 하지만 아주 가끔 나는 버티고, 기다리고, 참아낸다. 그래서 기어이 새벽에 몸을 비빈다. 낯선 시간으로의 여행을 위해서다.

지나간 새벽들

/

새벽은 기묘하게 다가온다. 새벽이 자연스럽고, 그래서 이따금 그 새벽을 지겨워하는 사람이 아니라면 누구에게라도. 태양빛이 완전히 자취를 감춘 자리에 들어선 달빛 위에 형형색색의 전등 빛이 쌓인, 그 이질감 넘치는 빛의 어울림이 그렇고, 텅 빈 거리 곳곳의 고요와 적막이 그렇다. 여기에 어둠이 지어내는 나른함과 몽롱함이 더해지면 이미 알던 세계조차 한없이 낯설어진다.

새벽은 그렇다.
평소라면 그냥 지나칠 벽의 얼룩도
종잇장의 바스락거림도 생소하고 별스럽게 다가오는 시간.

낯설게 변한 세계는 기이한 얼굴로 말을 건다. 그 음성을 처음 감지한 것은 중학생 때였다. 그 무렵 나는 외박이 잦았다. 한 친구의 집이 자주 비었는데, 잘 어울리던 무리는 툭하면 그 집에 가서 밤을 샜다. 그 친구는 공부 잘하기로 소문난 이른바 모범생이어서, 부모님들은 자식의 외박을 걱정하지 않았다. 으레 그렇듯 우리는 그런 부모님의 안심을 배신하고 어설픈 어른 흉내를 내며 놀았다. 그러다 새벽이 되면 뭔가에 홀린 듯 밖으로 나갔다. 목적지는 가까운 지하철역. 학원가로 유명했던 그곳은 새벽이 되면 유흥가로 완벽하게 변신했다. 길에는 고성과 담배연기가 뒤섞여 있었고, 술 취한 사람들이 비틀거렸다. 길바닥에 쓰러져 자는 사람도 더러 있었다. 그때나 지금이나 술로 젖은 도시의 새벽은 어지러웠다.

우리는 그런 낯선 모습을 구경하고는 했는데, 얼마 못 가 누가 먼저랄 것도 없이 그 짓을 관뒀다. 길 한복판에서 경찰을 만난 게 원인이었다. 그들은 새벽에 유흥가를 배회하는 청소년들을 곱게 보지 않았다. 불량 또는 비행 청소년이라고 판단, 경찰차 뒷좌석에 우리를 구겨 넣었다. 별다른 나쁜 짓을 하지 않았기에 그날 바로 훈방조치됐지만, 어린 가슴이 놀라기에는 충분한 사건이었다. 그날 이후 내게 새벽은 감히 만나서는 안 될 공포가 됐다. 십대로 사는 내내 그랬다.

대학교에 가서는 사정이 달라졌다. 새벽은 성인이 만끽할 수 있는 자유의 상징과도 같았다. 하지만 남들에게만 해당하는 이야기일 뿐, 내게 새벽은 여전히 멀리 있었다. 대학생의 새벽은 모름지기 술자리를 잘 거쳐야 만날 수 있는데, 술이 약한 나는 새벽이 오기 전에 뻗어버렸다. 그러다 보니 새벽과 눈을 맞출 여유도 정신도, 그때는 없었다. 새벽은 그저 지나가는 시간이었다.

새벽이 만들어내는 매혹의 순간들

/

새벽을 관찰하고 더듬을 수 있게 된 것은 억지 술에서 해방된 몇 년 전부터다. 겨울이었다. 지방에 다녀온 그날 새벽, 나를 집 근처까지 차로 태워다준 이를 보내고 얼마 안 되는 거리를 혼자 걸었다. 바닥에는 몇 시간째 내린 눈이 쌓여 있었고, 눈발은 여전히 거셌다. 새벽 2시라는 한계점을 훌쩍 넘겼기에 마음이 급했다. 집이 있을 방향에 시선을 고정하고 발걸음을 재촉했다. 그러다 문득 가로등을 봤다. 주황색 불빛을 흠뻑 머금은 눈이 호기롭게 쏟아지고 있었다. 그 눈의 궤적을 좇아 고개를 돌리자, 눈은 불빛에서 어둠으로 다시 어둠에서 불빛으로 몸을 내맡기며 자신의 동지들과 한 몸이 되어가고 있었다. 인공의 빛과 어둠을 통해 본래의 색을 감추고 지우는 그 모습, 게다가 아무도 밟지 않아 그대로의 형태를 간직한 그 순결은, 실로 경이로웠다.

햇살 가득한 낮이나 설익은 어둠으로 치장한 밤과는
전혀 다른 얼굴이 지독히 낯설었고,
그래서 더 매혹적이었다.

그날 이후 나는 이 낯선 시간 여행을 아주 가끔 즐긴다. 여행지에서 이름난 풍광을 기억에 남기려 기를 쓰듯, 새벽의 어둠과 침묵을 가슴에 새기려 애를 쓴다. 이때 필요한 것은 어둠과 침묵만을 좇으려는 집요함이 아니다. 어둠과 침묵을 이따금 침범하는 빛과 소리, 그걸 받아들일 수 있는 여유가 필요하다.

어둠의 한복판에서 깜박하는 빛. 그 순간이 어둠의 절정이고, 정체불명의 소리가 침묵의 정중앙을 꿰뚫는 그 순간이 침묵의 절정이다. 이를 염두에 두고 모든 감각을 열어놓으면 비로소 새벽은 낯선 매혹의 경험을 제공한다. 책상 한쪽에 쌓아둔 채 읽지 않은 책들, 드물게 들리는 이웃집의 문소리, 놀이터에 남겨진 어떤 아이의 운동화 자국, 필요의 유무와 관계없이 끊임없이 색을 바꾸는 신호등, 부업을 알선하는 벽보의 팔랑거림, 고된 노동과 술에 취해 춤을 추는 사내들의 발소리. 모든 게 어둠과 침묵 사이에서 새로운 의미로 다가오는 것이다.

일찍이 이를 안 피아니스트가 있다. 데이비드 네뷰(David Nevue). 그는 지난 세기 끝자락에 〈철야(The Vigil)〉이라는 앨범을 통해 자정 이후부터 동틀 때까지의 어둠과 침묵, 그 속에서의 명상을 피

아노 선율로 표현했다. 들어보면 건반의 눌림 하나하나가 유혹적
이다. 그만큼 새벽이 아름답고 황홀하다는 뜻일 터다.

어찌 됐건, 새벽 여행이 누구에게나 쉬운 것은 아니다. 낮에 일하고
밤에 자야 하는 보통 사람이 뜬눈으로 새벽을 맞았다가는 당장 그
날의 벌이에 지장을 받는다. 따라서 다음날 충분히 잘 수 있고 그
덕에 다시 원래 생활로 돌아올 수 있는 그런 날을 택해야 한다. 만
약 그런 날이 아니라면 나는 이 여행을 권하고 싶지 않다. 내일을
무너뜨리는 여행은 자칫 후회의 찌꺼기를 남길 수 있기 때문이다.

이렇게 낯선 시간에 몸을 섞다 지치면 잠이 든다. 보통 해가 뜨기
직전이다. 자기 전 내일, 아니 오늘 있을 피로감을 생각하지는 않
는다. 여행에서 돌아오는 길에 여독을 걱정하는 대신 그곳에서의
추억과 사색을 정리하는 것처럼, 지난 새벽 관찰한 낯선 어둠과
침묵을 조용히 떠올린다.

그리고 그러다 가만히 잠든다.
달콤한 꿈을 꾸면 좋겠지만 아니어도 그만이다.
어떤 꿈보다 황홀한 시간을 지난 새벽에 보냈을 테니까.

숨을 고르는 시간

/

2교시를 마친 학생들이 발가락을 꼬물거리며 칠판으로부터 눈을 거둘 무렵, 이 도시는 숨을 고른다.

직장인들은 기지개를 켜며 곧 다가올 점심시간을 기다리고, 아기 엄마들은 아침의 소란을 정리하고 적당히 멋을 낸 뒤 유모차를 꺼낸다. 더러는 잠을 설쳤다가 다시 깊은 잠에 빠져들고, 누군가는 늦은 출근을 위해 몸을 씻는다. 버스와 지하철의 배차 간격이 길어지고, 한꺼번에 쏟아져 나왔던 차들은 저마다의 자리에서 쉬는 덕에 도로는 덜 툴툴거린다. 분주한 발걸음에 한껏 들떠 있던 먼지도 제자리를 찾는다. 이리저리 치이던 돌 알갱이도.

이걸 비교적 최근에 알았다. 언제나 학교에 가거나 출근을 해야 했기 때문이다. 성적과 관계없이 나는 늘 근면한 학생이었다. 어느 동요처럼 새 나라의 어린이라면 일찍 일어나야 한다고 철석같이 믿었는지, 꼬박꼬박 잘도 일어나 학교에 갔다. 중학교, 고등학교 때도 마찬가지. 개근상은 항상 떼어놓은 당상이었다. 왜 그랬을까. 무슨 일이 있어도 학교에는 가야 하고 지각을 해서는 절대 안 된다는 강박이 내 마음에는 있었다. 한때 유행했던 만화 〈슬램덩크〉를 보면, 주인공 강백호가 등교 시간이 한참 지난 후에 노래를 부르며 학교에 가는 장면이 나온다. 그 여유가 얼마나 대단해 보이던지. 내가 그 만화를 좋아했던 것은, 어쩌면 그런 여유와 일탈을 동경해서인지도 모른다.

대학교에 가서도 내 습성은 달라지지 않았다. 오전 수업이 많았는데, 그건 일종의 자신감이었다. 무슨 일이 있어도 제시간에 출석할 수 있다는 자신감. 가능한 한 1교시를 피해 시간표를 짜는 다른 학생들과 달리 나는 거침없이 1교시를 선택했다. 그리고 잘도 1교시 수업에 들어갔다. 지각하는 일은 거의 없었다. 밤늦게, 가끔 새벽까지 술을 마셔도 아침이면 언제 그랬냐는 듯 강의실에 갔다.

사람들에게 나는 특이한 녀석이었다. 남의 자취방에서 밤새 술 마시고 한데 섞여 자다가 아침이면 가방을 챙겨 슬그머니 사라지는 별난 녀석. 그렇게 학교를 다녔고, 누구도 강요하지 않은 근면함은 직장 생활에서도 이어졌다. 막내여서 더 그렇기도 했지만, 기왕이면 일등으로 출근해 문을 열려고 했다. 가끔 나는 회사에서도 학교에서처럼 개근상을 주면 어떨까 하는 상상을 했다. 어쩌다 지각이라도 하는 날에는 큰 죄를 지은 것처럼 얼굴을 들지 못했다. 혹시라도 게으른 직원으로 찍히면 어쩌지. 누구도 내게 서둘러라, 빨리 와라, 지금이 몇 시야, 말하지 않았지만 머릿속에는 늘 그런 말들이 돌아다녔다.

약 20년 동안 그리 살다보니 자연히 아침나절은 내 안에서 지워졌

   아마도 이건, 여행

다. 그 시간에 밖에서 무슨 일이 일어나는지, 어떤 모습인지 도통 관심을 두지 않았다. 오로지 칠판이나 모니터에 눈을 고정한 채 아침나절을 보냈다. 나만 그런 줄 알았는데, 알고 보니 남들도 비슷했다. 직장에 다니는 친구들도, 살아남으려면 아침나절을 고스란히 사무실에 바쳐야 한다는 걸 잘 알고 있었다.

내가 못난 건지 세상이 못난 건지
/

어느 날 문득, 나를 포함한 수많은 사람들이 거의 평생 그렇게 살아야 한다는 생각이 들자 마음이 답답해졌다. 그것은 마치 고3이 되어 모든 취미를 끊고 공부에만 매달리던 어느 날, 내년에도 이리 살면 어쩌나 하며 느끼는 막막함과 엇비슷한 것이었다. 나는 답답하다 못해 슬퍼지려고까지 했으나, 눈물은 나오다 말았다. 느닷없이 실업자가 됐기 때문이다.

고마운 세상, 친절도 하지.
이리 쉽게 고민을 해결해주다니.
나는 크게 웃었다. 딱 하루만.

차라리 잘됐다. 늦게까지 잠이나 자자. 이번 기회에 아점이라는 것도 먹어보지 뭐. 요즘은 고상하게 브런치라고 하던가. 그렇게 여유를 가져보려 했지만, 제 버릇 개 못 준다고 여전히 일찍 일어났다. 쓸데도 없는 부지런함. 결국 하루도 거르지 않고 활짝 깬 정신으로 아침을 맞았다. 난감했다. 무얼 하기도 어정쩡했고 대책 없이 놀기도 애매했다. 집 밖에라도 나가면 괜히 남들 눈치가 보였다. 실제로는 아무도 신경 쓰지 않았을 텐데, 꼭 나를 '무능력한 낙오자'라고 흉보는 것 같았다. 특히 말끔한 회사원을 상대해야 하는 공간, 이를테면 은행 같은 곳에 가면 더 기가 죽었다. 그래서 가끔은 나름대로 차려입고 동네를 돌아다니기도 했다. 물론 기왕이면 안 나가려 들었다.

한 번은 실업급여를 신청하려고 동네에서 가장 번화한 곳에 갔다. 고용지원센터였던가. 하여간 늦게 가면 순서가 밀려 다음에 다시 가야 한다는 말을 들은 터라 일찍 나섰다. 사람이 바글바글했다. 한발 늦었구나, 라는 생각보다 나와 비슷한 처지의 사람이 그렇게 많다는 사실에 놀랐다. 내 또래도 꽤 있다는 점 역시. 신청 전 널찍한 강의실 같은 곳에서 신청 자격과 방법, 주의사항 등의 설명을 들었다. 자리가 모자라 몇몇은 서 있었다. 나는 운 좋게 맨 뒷줄 의자 하나를 차지할 수 있었다. 추운 겨울이었다. 사람들은 두꺼운 겉옷을 입고 앉아 있었다. 하나같이 축 처져 있는 뒷모습. 내 뒷모습 역시 저렇게 보이겠지. 그런 생각이 들자 조금 서글펐다.

설명을 다 듣고 신청서를 받기 위해 줄을 섰는데 낯익은 얼굴이 보였다. 고등학교 동창이었다. 그는 다른 줄에 서 있었다. 그럭저럭 어울려 지내던 녀석이었는데, 아직 이 동네에 살고 있었나보다. 아는 척을 할까 말까. 이건 뭐, 반갑기보다는 서로 민망할 것 같았다. 그냥 못 본 척 지나쳤다. 그애를 위한 배려라기보다 나를 위한 방어였다. 지금은 어딘가에서 일 잘하고 있겠지. 분명 그럴 것이라 믿는다.

실업급여를 타 쓰며 하루하루를 보냈다. 처음에는 괜찮았다. 하지만 잠깐이었다. 혈기 왕성한 20대 젊은이가 의지와 상관없이 무위도식하는 것은 못할 짓이었다. 어느 순간부터 아침이면 어김없이 방에 들이닥치는 해가 징글징글했다. 눈만 뜨면 취업 사이트를 뒤졌는데 별 소득이 없었다. 그러다 보면 엄마가 밥 먹으라고 불렀다. 아침을 먹고 빈둥거리다 보면 또 엄마가 불렀다.

"점심 먹어라."

내가 못난 건지 세상이 못난 건지 헷갈렸다. 무게 추가 '내가 못났다' 쪽으로 자주 기울었다. 이런 게 자학이구나 싶었다.

다 한때더라

/

다행히 자학은 길게 가지 않았다. 옛말처럼 시간이 약인 걸까. 완벽하지는 않아도, 시간은 문제를 어느 정도 해결해주었다. 무덤덤해지더니 어느 순간 적응이 됐다. 언제부터인가 나는 취업 사이트를 덜 뒤지고 있었다. 그 대신 적당히 옷을 걸치고 조조영화를 보러 다녔다. 머리도 안 감고 세수도 안 하고서.

여유라면 여유랄까. 적응이 되니 세상이 조금은 달리 보였다. 전쟁 같은 출근 시간이 지난 동네의 아침나절은 평온하기 그지없었다. 우두커니 앉아 TV를 보는 슈퍼 아저씨의 하품이며, 공원에 삼삼오오 모여 장기 알을 매만지거나 훈수를 두는 할아버지들의 손짓이 그랬다. 구석구석 꽉 들어찬 햇살은 아늑했고 텅 빈 횡단보

도는 새로웠다. 동네 영화관도 신선했다. 사람이 없어 아무도 신
경 쓰지 않고 영화를 볼 때마다 영화관을 전세 낸 기분이 들었다.

그 무렵 도서관도 자주 갔는데, 예상 외로 사람이 많았다. 다양한
나이대의 사람들이 거기서 책을 읽고 있었다. 저마다의 속사정은
모르지만, 그 모습이 짠하면서도 한편으로 아름다워 보였다. 특히
내 나이대의 사람들이 그랬다. 저이에게 책은 뭘까. 꿈? 희망? 어
쩌면 그저 시간을 때우려는 것인지도 몰랐다. 이유야 어찌 됐건,
가만히 책장을 넘기는 그들의 모습은 한동안 아무것도 안 하고 있
던 나를 부끄럽게 만들었다. 그들 틈에 끼어 책을 읽었다. 꿈이나
희망을 생각하기보다는 그냥 읽었다. 한 줄 정도는 머리에, 마음
에 남길 바라면서.

문득 이것도 한때라는 생각이 들었다. 언제 또 이런 한가한 아침
나절을 보낼 수 있을까. 가족이 떠난 빈 집에서 엄마가 무엇을 하
며 지내는지 볼 날이 또 올까. 평일 오전 텅 빈 영화관에서 혼자 영
화를 보는 일, 털레털레 도서관에 가서 책을 보다 조는 일이 앞으
로 내게 몇 번이나 있을까. 만약 다시 직장을 구하면 모두 사라질
일이었다. 물론 이런 생활이 오래 이어질까 걱정이 되어 조바심치

는 날도 적지 않았다. 그럴 때면 일부러 느리게 걸으며 치받는 불안을 꾹꾹 눌렀다.

온전히 쉴 수 있다면

/

몇 달 뒤, 예상대로 그 '한때'에서 벗어났다. 새로운 일을 시작하면서, 언제 그랬냐는 듯 아침은 다시 지워졌다. 지금 하는 일은 좀 별나서 여느 직장인과는 상황이 조금 다르기는 하다. 이따금 사람들이 빠져나간 동네를 걸어야 하고, 아침부터 도서관에 가 책을 뒤져야 할 때도 있다. 하지만 그때처럼 느리게 걷지도, 책을 보다 졸지도 못한다. 조금 자유롭게 움직일 뿐, 다시 아침나절부터 일에 매달리는 보통 사람이 되었다. 그래서 가끔 그립다. 정말이지 할 일이 없어 물끄러미 시간을 관찰하던 그때가. 괜찮겠지, 라며 막연히 무언가를 기대하고 그리워하던 그 시절이.

지난 몇 년간 "휴가다. 쉬어라" 하고 내게 말해준 사람이 없었다. 만약 앞뒤 걱정 없이 온전히 쉴 수 있는 날이 생기면 무얼 할까. 어떤 사람들은 멀리 떠나는 여행을 계획할지 모르겠다. 나도 좀 돌

아다니고 싶다. 멀리는 아니고, 사람들이 일터로 빠져나간 동네 구석구석을 보고 싶다. 예전에는 찾지 못했던 한가로움이 어딘가에 또 있을 것 같다. 몇 년 전보다 조금 더 늙었을 엄마가 요즘 아침나절에는 무엇을 할지도 궁금하다. 아침부터 도서관에 와 책을 읽던 사람들은 여전히 거기에 있을까. 아마 없을 것 같다. 책에서 무언가를 찾아내 어딘가로 떠나지 않았을까. 그게 꿈이건 희망이건.

한가한 시간, 그렇게 주변을 가만히 보고 싶다.
운이 좋다면,
나와 비슷한 생각으로 두리번거리는 사람을 만날지도 모른다.
그게 당신이었으면 좋겠다.

초콜릿 과자로도 달랠 수 없는

/

"공무원이냐?"

6시 땡 하면 퇴근하던 내게 친구가 한 말. 아닌데. 가끔 야근도 하
는데. 어떤 때는 집에 가서 새벽까지 일하기도 하는데. 말하려다
관뒀다. 야근을 밥 먹듯 하는 친구였다. 항의하자니 괜히 미안한
마음. 그냥 이렇게 눙쳤다.

첫 직장. 직원들은 각자 자기 할 일에 바빴다. 서로 농담도 잘 안 했다. 밥을 먹으러 가면 정말 밥만 먹었다. 과묵한 사람들. 그 틈에서 나도 덩달아 입을 닫았다. 긴 침묵이 끝나는 건 오후 6시. 나는 자리에서 일어나 조심스럽게 말을 꺼냈다. 아차, 그 전에 마른 입술에 침 한번 바르고.

이른바 '칼퇴근'이었다. 종종 야근도 했고 외근을 하다가 집에 늦게 들어간 적도 꽤 됐다. 허나 제때 퇴근할 때가 더 많았다. 뭐라고 하는 사람은 없었다. 일만 제대로 끝내놓으면 상관없는 분위기랄까. 다른 직원들도 비슷했다. 하여간 6시, 늦어도 6시 반이면 나는 유유히 사무실을 빠져나왔다. 그리고 꼭 편의점에 들러 바삭바삭한 초콜릿 과자를 샀다. 작고 비싼 수입 과자. 그걸 씹으며 지하철역을 향해 걸었다. 얼마나 달콤하던지. 살맛 나는 시간이었다.

매일 퇴근 시간을 기다렸다. 퇴근 후 특별한 약속이나 할 일이 없

어도 그랬다. 집에 가서 퍼져버리는 것만으로도 좋았다. 누구에게
나 그렇듯 일은 고됐다. 허기진 배, 충혈된 눈, 풀린 다리를 빨리 원
상태로 돌려주고 싶었다. 그래서 집에 오면 밥을 먹고 그대로 뻗
어 뒹굴었다. 그러다 그냥 잤다. 아주 쿨쿨.

퇴근 후 계획이 있기는 했다. 일본어를 열심히 공부해 언젠가는
원어로 된 만화책을 보겠다거나 기타 말고 다른 악기를 배워보겠
다는 등의 계획. 헌데 어디 그게 쉬운가. 밥 먹고 자는 데 바빠 다른
일은 엄두도 안 났다. 게다가 당시 내 체력은 지금보다 더 저질이
었다. 그래서일까. 퇴근하고 무언가를 배우거나 투잡을 뛴다는 사
람의 얘기를 들으면 그렇게 대단해 보일 수가 없었다. 그냥 만족
하고 살기로 했다. 번역된 만화를 보고 기타 하나만 열심히 연습
하자고. 지금 월급에 감지덕지하자고.

그러다 직장을 잃었다. 더 이상 퇴근 시간을 기다리지 않게 됐다.
초콜릿 과자도 끊었다. 입이 썼다.

어쩌면 당신일지도 모르는 그 뒷모습

/

원치 않은 백수 생활이 이어지던 어느 날. 친구를 만나기 위해 퇴근 시간에 맞춰 약속 장소로 향했다. 사무실과 술집, 학원 등이 뒤섞인 복잡한 곳이었다. 예상대로 사람이 많았다. 깜박 정신을 놓으면 부딪쳐오는 어깨에 밀려 쓰러질지도 몰랐다. 요리조리 피해가며 걸었다. 다른 사람들도 살짝살짝 몸을 틀어가며 서로의 어깨를 피했다. 어느 옷 가게 계단에 올라 친구를 기다렸다. 사람들이 약속 장소로 잡고는 하는 곳이었다. 간판 아래 붙은 대형 스피커에서 최신 음악이 쾅쾅거리며 흘러나왔다. 귀를 막으려다 그만두었다.

짧은 시간 동안 수많은 사람들이 내 앞을 지나갔다. 누가 직장인인지 대충 구분이 됐다. 옷차림, 신발, 가방, 머리 모양을 보면 대략 알 수 있었다. 아마도 퇴근 중일 그들은 어디로 가는 걸까. 집? 얼른 집에 가서 발 뻗고 눕고 싶어 저리 빨리 걷는 걸까. 아니면 학원인가? 그래, 이 근처에는 외국어 학원이 많으니까. 술 마시러 가는지도 모르겠다. 삼삼오오 모여 스트레스를 풀겠지. 상사 욕도 하면서. 분명 데이트 하러 가는 사람도 있겠지. 부럽다. 그런 생각을

하며 사람들을 봤다.

행렬은 끝이 없었다. 마치 어딘가에서 계속 사람들을 쏟아 붓고 있는 것 같았다. 무리를 이룬 사람들의 모습은 별다를 게 없어 보였다. 다만 중간중간 유독 눈에 띄는 사람들이 있었다. 심하게 지친 모습의 사람들. 낯설지 않았다. 어디서 봤더라. 궁금해하던 차 친구가 도착했다. 우리는 무리 속으로 들어갔다.

그날을 다시 떠올린 것은 한참이 지나서였다. 남들은 퇴근하는 시간, 나는 일하러 가고 있었다. 언덕진 주택가 꼭대기에 내 일터가 있었다. 사람들은 등을 보이며 걸었다. 차림새를 보건대 퇴근 중인 사람들이었다. 힘겹게 언덕을 오르는 뒷모습이 가로등 불빛에 언뜻언뜻 드러났다. 역시 익숙한 모습. 대체 어디서 본 것일까.

후아 후아, 숨을 고르며 언덕 끝에 다다를 때쯤 답이 떠올랐다. 그 것은 언젠가 보았던 아버지의 뒷모습이었다. 퇴근하고 돌아오는 아버지의 뒷모습이 꼭 그랬다. 마치 어깨에 무언가를 이고 있는 것 같았다. 작은 가방을 손에 쥐고 느릿느릿 걷는 뒷모습은 생소했다. 내가 아는 그 사람이 맞는 걸까. "아빠!" 하고 부르려다 말았

다. 나란히 걸으면서 무슨 이야기를 해야 할까. 우물쭈물하다 결국 아버지보다 더 느리게 걸었다. 뒷모습만 물끄러미 바라보면서.

돌이켜보면 아버지의 뒷모습에서 어떤 쓸쓸함을 느꼈지 싶다. 퇴근하던 사람들의 뒷모습에서도 역시. 남들과 비슷하게 꼬박꼬박 출퇴근할 때는 잘 몰랐다. 일단 퇴근하면 내 갈 길이 바빴고 남 신경 쓸 여유는 없었다. 느리게 걷는 사람이 있다면 재빨리 제치고 나아가야 했다. 조금이라도 빨리 집에 가서 쉬고 싶었다.

예전만큼 발걸음을 재촉할 일이 많지 않은 요즘, 가끔 퇴근하는 사람들의 뒷모습을 본다. 종일 쌓인 고단함을 이고 어딘가로 가는 사람들. 간혹 눈에 띄게 처진 어깨나 굽은 등이 보이면 가엾다. 마치 자기를 누르는 무게를 덜어달라고 말을 거는 것 같다. 오랜 세월 아버지의 뒷모습도 저랬을까. 또 몇 년 전 나는 어땠을까.

당신을 생각하고 필요로 하는 시간
/

퇴근길, 사람들은 휴대전화 주소록을 뒤진다. 그리고 누군가에게

문자 메시지를 보낸다. 딱히 목적이 있기도 하고 없기도 하다. 약속을 잡으려고 혹은 중요한 일 때문에 보내는 것만은 아니다. 대단치 않은 일로 보내기도 한다. 이를테면 '뭐해', '안녕', '잘 지내?' 이런 것들. 언뜻 보기에 별 의미 없는 짧은 글. 하지만 거기에는 그 사람의 고된 하루가 담겨 있을지도 모른다. 어쩌면 그 문자는 누군가에게 조금이라도 기대고 싶은 마음일지도 모른다. 그렇게 문자 메시지를 보내는 사람은 어떤 답장, 무슨 이야기를 기대하는 것일까. 아마 이런 게 아닐까.

"퇴근 중? 수고했어요. 어서 가서 쉬어요."

혹시 또 모른다. 누군가 먼저 자신에게 그런 문자 메시지를 보내주기를 기다리고 있는지도.

일터에서 나와 집으로 돌아가는 시간은, 그 사람이 당신을 생각하고 필요로 하는 시간이다. 막 뜬 별처럼 반짝일 수 있는 그 시간을 우리는 어떻게 보내고 있나. 혹 옆 사람의 어깨를 건드리지 않고 빨리 걷는 데에만 온 신경을 집중하고 있는 것은 아닐까.

   아마도 이건, 여행

잠은 집에서

/

낯선 곳에서는 잘 못 잔다.

아무리 피곤해도 누우면 눈만 말똥말똥. 한참을 뒤척이다 겨우 잠
든다. 근사한 숙소에 가도 마찬가지다. 괜히 마음만 들떠 더 못 잔
다. 깨고 다시 잠들기를 몇 번이나 반복하다보면 어느새 아침. 제
일 일찍 일어나 남들이 깨기를 기다린다. 지난밤 먹다 남긴 과자
나 씹으면서.

이런 탓에 지방 공연이라도 잡히면 바짝 긴장한다. 혹시 자고 올까봐. 요 몇 년간 지방 공연이 많았다. 동서남북 곳곳을 다녔다. 제주도까지 가봤으니 남부럽지 않게 다닌 셈이다. 보통 숙박 여부는 가기 전에 결정하는데, 그렇지 않을 때도 있다. 그럴 때는 공연 뒤 일행과 고민을 시작한다. 자고 갈까 말까. 슥 보면 자고 가고 싶은 눈치다. 기왕 멀리 왔으니 좀 놀다 가자는 거다. 나는 아무렇지 않은 척하면서 속으로 기도한다.

'그냥 집에 가요, 제발.'

분명히 잘 못 잘 것이고, 그러면 내일은 엉망이 되겠지. 이게 내 속마음이다. 다행히 즉흥적으로 숙박이 결정되는 경우는 별로 없다. '피곤하지만 내일을 위해'라는 심정으로 돌아가는 때가 더 많다. 아, 이 건실한 청년들이란.

그렇게 차에 올라 밤길을 달린다. 내 자리는 조수석이다. 운전 면허가 없으니까. 미안하지만 어쩔 수 없는 일. 졸지 않고 눈을 부릅뜨는 것으로 미안함을 대신한다.

불빛의 축제

/

평일 밤에 고속도로를 달리면 새까만 바다를 헤엄치는 기분이다. 주변은 온통 산과 들뿐. 차도 사람도 불빛도 별로 없다. 민원이라도 넣어야 할까. 심한 곳은 귀신이 나온대도 어색하지 않을 만큼 어둡다. 반대편 길에 차 한 대라도 지나가면 그렇게 반가울 수가 없다. 손이라도 흔들어주고 싶은 심정이다. 여기 사람 있어요, 하고.

내내 그런 어둠을 달려서 그럴까. 이 도시로 들어오는 길목은 실로 장관이다. 멀리서 번쩍이는 노란빛의 무리. 관문을 통과하기 위해 일렬로 쭉 멈춰선 차들의 불빛이다.

그럴 리 없겠지만,
그건 마치 서로가 서로를 반기고 격려하는 인사 같다.
먼 길 다녀오느라 수고했다는.

그곳을 통과하면 비로소 안심이 된다. 무사히 돌아왔구나 하는 기분. 집까지 안내해주는 것은 가로등과 빌딩에서 쏟아지는 불빛이다. 몇 시간 못 봤다고 그 환한 빛이 반갑고 정겹다. 평소였다면, 어쩌면 투덜거렸을지도 모른다. 왜 이리 밝고 어수선하냐고, 낭비 아니냐고. 이 도시 사람들이 푹 못 자는 이유가 이 밝은 빛 때문이라고 일장연설을 늘어놓을지도 모른다.

그러고 보면 환한 불빛을 당연하게 여기며 살았다. 통금이 있던 시대를 살아보지도 못했고, 전기가 안 들어오는 곳에서 지낸 적도 없다. 어느 곳에 가도 밝았다. 인적이 드문 주택가라도 가로등은 있기 마련이니까. 어둑한 골목이라도 고개를 들면 붉게 빛나는 밤하늘이 보였다. 덕분에 귀신 걱정 없이 제법 씩씩하게 밤길을 걷고는 했다. 축복일까. 이런 밝은 도시에서 자란 것은.

축복까지는 아니더라도 행운이라는 생각은 든다. 불빛이 만들어내는 작은 축제가 이 도시에서 매일 밤 벌어지는 것을 보면 그렇다. 밤에 카페의 창가 자리에 앉으면 축제가 한창인 밤거리를 볼 수 있다. 여기저기서 흘러나온 불빛이 겹겹이 쌓인 거리는 메인 스테이지. 그 불빛에 발목을 적시며 걷는 사람들은 축제 참가자다. 멀리서 번져오는 불빛은 축제를 알리는 플래카드고, 도로를 휘감으며 움직이는 자동차 불빛은 스페셜 게스트다. 낮과는 전혀 다른 색으로 변하는 곳곳의 모습은, 총감독의 꼼꼼한 연출이다.

나는 어떤 불빛일까

이따금 높이 자리 잡은 카페에서 물끄러미 그 축제를 내려다본다. 어둠에 스며든 불빛이 탁자에 밴 커피 향처럼 은근하다. 그 은근함이 좋아 창가 자리를 잡으려 애쓴다. 자리가 없으면 다른 자리에서 기다린다. 먼저 앉은 사람이 떠날 때까지.

한 번은 이런 일도 있었다. 번화가의 카페였다. 늘 그렇듯 빈 창가 자리는 없었다. 다른 곳에 앉아 창가 자리가 나기를 기다렸다. 얼마 뒤 한 곳이 비었다. 벌떡 일어나 그곳으로 가려 했다. 아뿔싸, 저기 저 사람도 나랑 같은 생각을 하고 있었나보다. 그 사람이 쓱 일어나 빈 창가 자리에 앉았다. 나는 다시 제자리로 돌아왔다. 어찌나 민망하고 쑥스럽던지. 남은 커피를 원샷하고 나와버렸다.

축제의 하이라이트는 내 방에서 벌어진다. 늦게 집에 들어와 방문을 열면 깜깜한 방에 노란 불빛 하나가 빛난다. 작은 전구가 들어 있는 등. 엄마가 켜놓은 것이다. 언제 들여놓은 것인지 모르겠지만 언제부터인가 한밤중에는 그 불빛이 나를 기다린다. 설마 그 좁은 방에서 헤매지 말라고 켜놓은 것은 아닐 테고. 가족 모두 깊게 잠들어 집에 들어오는 나를 아무도 반겨주지 못할 때 외로워하지 말라고 켜놓은 것은 아닐까. 언젠가 어두컴컴한 고속도로를 달릴 때 반대편에서 오는 차를 만난 것보다 훨씬 반가운 불빛이다. 가만히 그 불빛을 보면 이런 생각이 든다.

'나도 누군가에게 그런 불빛이 될 수 있을까.'

그 작은 불빛을 마지막으로 축제는 끝난다. 이제는 자야 할 시간. 옷을 갈아입고 눕는다. 익숙한 잠자리. 편히 잘 수 있을 것 같다.

등을 끈다. 딸깍.

내일이 있으니까

하루의 끝자락에서

/

"오늘도 다 갔네."

자리에 누워 종종 내뱉는 말이다. 전화로 수다를 떨다가 튀어나오기도 하고 눈을 감고 속으로 중얼거리기도 한다. 월말이나 연말이면, 이번 달 혹은 올해도 다 갔다는 말을 덧붙인다. 아쉬움이 배어 있는 말이다.

사람들은 하루의 끝자락에서 그날을 되짚는다. 오늘 어떤 일이 있었고 그 일을 어떤 자세로 대했는지, 혹 잘못을 저지르거나 부끄러운 행동을 하지는 않았는지. 그렇다고 세세하게 되새기는 것은 아니다. 희한하게도 굵직한 것들만 툭툭 떠오른다. 아니면 오늘은 그저 그랬음, 정말 별로였음, 그런대로 괜찮았음, 하는 결론만 떠오르기도 한다.

자체 평가 점수가 낮은 날은 잠들기가 영 껄끄럽다. 물론 개인차는 있다. 심하게 무디거나 긍정이 차고 넘치는 사람은 "내일 잘하지 뭐"라며 다짐 한 번 하고 쿨쿨 잘 잔다. 반면 자신에게 엄격하거나 그러려고 노력하는 사람, 또는 예민한 사람은 머릿속이 복잡해져 잘 못 잔다.

굳이 따지자면 나는 이도저도 아닌 중간이다. 사실 몇 년 전만 해도 후자에 속했다. 처음으로 월급을 받으며 일을 시작했을 때, 뭐

든 잘하고 싶었다. 실수하기 싫었고, 못해서 혼나고 싶지 않았다. 돌이켜보면 내가 하는 일은 정답이 있기도 하고 없기도 한 일이었다. 사실 모든 일이 그렇다. 정답이 있는 듯해도 막상 따져보면 없고, 없는 것 같다가도 찾아보면 있다. 허나 사회 초년생이 흔히 그렇듯 하루빨리 정답을 찾아 인정받아야 한다고 생각했다. 그런 일이 생각대로 될 리 없었다. 항상 초조하고 기민하게 움직였지만 결과는 늘 일천한 경력에 준하는 수준밖에 안 됐다. 그래서 거의 매일 상처를 입었다. 상처는 다른 사람이 주기도 했지만 대부분 스스로 만든 것이었다.

애송이의 눈물
/

그런 날이면 잠들기 전 후회가 밀려왔다. 아쉬웠고, 그런 자신이 미웠다. 뜬금없이 세상 탓을 하기도 했다. 지금도 생생하게 기억나는 사건이 있다. 입사하고 몇 달이 지나서였다. 그날 내 임무는 한 작가를 인터뷰하는 것이었다. 시리즈 기획물이었는데, 인터뷰는 당시 내가 가장 힘겨워하는 일이었다. 작가를 만나는 것은 신나는 경험이기는 했다. 하지만 일은 일. 마냥 즐겁지는 않았다. 제대로 못하면 '망신+갈굼'을 세트로 당할 게 뻔했다. 게다가 기사를 써야 했다. 그때 내 실력으로 써내기에는 버거운 긴 기사였다. 까딱 실수라도 하면 정해진 분량을 채우지 못할 판이었다.

바짝 긴장한 상태에서 작가를 기다렸다. 작가가 왔다. 가볍게 인사를 나누고 인터뷰를 시작했다. 아뿔싸, 내가 던진 질문이 이상했나보다. 어느 정도 시간이 지나자 그는 왜 자꾸 그런 걸 물어보냐고 했다. 너무 사적인 이야기들을 물었기 때문인지 작가는 매우 불편한 기색이었다. 하기야 초면에 사생활을 묻는데 누구건 안 그렇겠는가.

그때는 그걸 잘 몰랐다. 그 작가의 일상이 특이하다고 생각했고, 작품 이야기 이전에 일상에 관한 이야기를 듣고 싶어 그것만 꼬치꼬치 캐물었다. 어찌 됐건 그렇게 한소리 들은 나는 땀을 삐질삐질 흘려가며 사정을 설명했다. 내 허둥대는 눈빛을 봤는지 그는 고개를 끄덕였고 '프로답게' 계속 인터뷰에 응해줬다. 하지만 나는 프로가 아닌 애송이였다. 한번 당황하자 조금이라도 빨리 이 민망하고 창피한 상황에서 벗어나고 싶었다. 그래도 분량은 채워야 했으므로 최대한 인내심을 발휘해 인터뷰를 이어갔다. 그렇게 끝. 나는 정리를 좀 하고 가겠다며 그를 먼저 보냈다. 솔직히 정리할 것은 없었다. 다만 함께 일어나 나란히 걷기가 머쓱했을 뿐.

그가 눈앞에서 사라지자 눈물이 주르륵 흘렀다. 속된 말로 쪽 팔리고, 죽고 싶었다. 딱 봐도 초짜인 사람, 그러려니 하고 좀 친절하게 대해주면 안 되나. 괜한 원망마저 들었다. 밖으로 나오자 이미 어둠이 한가득 내려와 있었다.

이 도시가 그렇게 무정해 보일 수 없었다.
달이며 별이며 나를 비웃는 것 같았다.

그날 잠자리에서 오만 가지 생각이 떠올랐다. 아마 그때 내가 한 말은 "오늘도 다 갔네"가 아니라 "겨우 오늘이 갔구나"였을 것이다. 지금 생각하면 그것은 누구나 할 수 있는 사소한 실수고, 실패였다. 지금이라면 "괜찮다, 괜찮아" 이러고 치워버렸겠지. 하지만 그때는 그게 그렇게 어마어마해 보였다.

A

오늘도 다 갔지만

/

요즘의 나는 그 시절에 비하면 편하게 잠자리에 드는 편이다. 고민이 없는 것은 아니다. 특별히 여유가 있지도 않다. 분명 그때에 비하면 상황은 나아졌지만, 어려움도 부족함도 늘 많다. "오늘도 다 갔네"는 여전한 입버릇이고, 항상 아쉬움과 후회가 머리맡에 머문다. 하지만 그것 때문에 잠 못 이루는 경우는 많지 않다. 생각이 달라져서 그런 것 같다.

내게 하루는 여행이다. 매 순간이 새롭고, 눈을 돌리면 볼거리 천지다. 사람들은 흔히 반복되는 일상이라며 매일의 지루함을 호소한다. 나라고 안 그럴까. 여느 직장인에 비해 새로운 일을 자주 접하는 편이지만 똑같고 지루한 일이 되풀이된다는 것은 비슷하다. 이럴 때 사람들은 저마다의 방법으로 지루함을 깨려 한다. 나만의 방법은 매일 시간여행을 떠난다는 것. 어제와 똑같은 시간, 장소라도 그 속에서 새롭게 다가오는 것은 없는지, 어제와 다르게 말을 걸어오는 것은 없는지 주의를 기울인다.

따라서 잠자리에 드는 시간도 여행의 일부다. 여행지 숙소에서,

종일 걸어 부은 다리를 주무르며 "수고했다. 내일도 부탁해"라고 혼잣말하듯, 밀려오는 아쉬움이 흩어지도록 눈가를 꾹꾹 누르곤 한다. 그렇게 자고 일어나면 다음 여행지를 향해 씩씩하게 걸어갈 힘이 생긴다.

그러고 보니 벌써 잘 시간이다. 하늘은 까맣고 길은 어둑하다. 복도를 뛰어다니며 놀던 아이들의 앳된 소리도 어느 틈에 사라졌고, 빈 복도에는 날벌레만 포르르 난다. 늘 그렇듯 아쉽다. 좀더 치열하게 하루를 보낼 수 있었는데 그러지 못했다. 어제보다 따뜻하게 사람들을 대할 수 있었는데 역시 그러지 못했다. 의자에서 일어나 침대에 누우면 또 이렇게 중얼거리겠지?

"오늘도 다 갔네."

잘하면 오늘은 한마디 더 보탤 수도 있겠다. 이 시간여행에 끝이란 없기에 할 수 있는 말.

"하지만 내일이 있으니까, 뭐, 괜찮아."

   아마도 이건, 여행

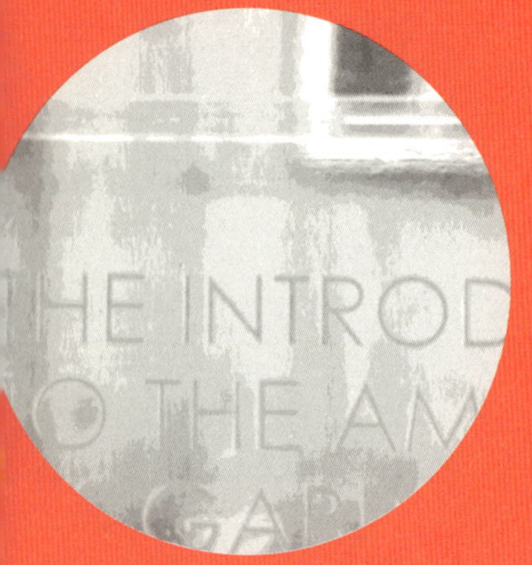

잇은 것과   남겨진 것에 대해   말하는 법

신고 : 080-2580-101(무료)
구 383-1492

공중전화 충전서비스 이용안내
01 altongs.com 회원가입 ❽
1577 4299   www.altongs.com
알통스 사이트 이용하기

공중전화 고장신고 : 080-2580-101(무료)
구 384-0
교통카드만 사용가능 합니다.

적당히
추억하기

그때 그 시절

/

대학교 1학년 봄, 나는 신입생 무리에 섞이지 못했다.

신입생 오리엔테이션에 참석하지 않은 게 화근이었다. 당시 뭐가 그리 불만이었는지 입학식을 반도 안 보고 돌아갔다. 아이돌 가수의 축하공연이 예정되어 있다는 사실이 허세 가득했던 심기를 건드렸다. 아이돌이라니, 참 수준 낮네, 뭐 이런 마음? 그러다 보니 신입생 오리엔테이션이 있는지조차 몰랐다. 개강해서 강의실에 가 보니 분위기가 이상했다. 저희들끼리 인사하고 웃고 떠들고. 순진하게도 나는 같은 고등학교 출신끼리 입학했나보다 생각했다.

며칠 뒤에야 상황 파악이 됐다. 아이들은 신입생 오리엔테이션을 통해 이미 개강 전부터 선배들, 동기들과 알고 지내왔던 것이다. 내성적이었던 나는 4년 동안 혼자 밥을 먹어야 할지도 모르는 상황에 막막해졌다. 눈치를 보니 비슷한 걱정을 하는 듯 보이는 사내들이 몇몇 눈에 띄었다. 누가 먼저랄 것도 없이 우리는 뭉쳤다. 그리고 함께 밥을 먹고 수업을 들었다. 처음에는 분위기가 괜찮았다. 동병상련한 것인지, 우리는 서로 챙겨줬다.

피자 가게에도 갔다. 분위기상 연인끼리, 혹은 연인이 되어볼 목적으로, 하여간 왠지 여자와 가야 할 것 같은 그런 피자 가게에 사내들이 우르르 몰려가 꽃무늬 소파에 주르륵 앉아 피자를 씹었다. 우리는 마지막 한 조각을 서로 양보하는 미덕도 잊지 않았다. 나도 질세라 그 한 조각 따위에는 관심 없다는 듯 창밖을 보며 콜라를 마셨다. 물론 내 입으로 가져가고 싶은 마음이 굴뚝같았다. 하지만 마지막 남은 하나를 날름 주워 먹을 정도로 가까운 사이는 아직 아니니 섣불리 욕심내어서는 안 될 것 같았다.

콜라를 마시던 빨대에서 쪼르륵 소리가 날 때쯤 학교로 돌아가자는 말이 나왔다. 드디어 누군가 마지막 피자 한 조각을 해치운 것이다. 우리는 돈을 모아 피자 값을 내려 했다. 머릿수대로 똑같이 내고자 했으나 쉽지 않았다. 누군가는 몇 백 원을 더 내야 할 상황. 리더 격인 한 친구가 자진해서 조금 더 내기로 했다. 사내들은 우레와 같은 함성을 지르며 박수를 쳤다. 남자들은 그렇게 별것 아닌 것에 환호하고 사소한 결단에서 영웅의 얼굴을 본다. 이를 알 리 없는 사람들, 그러니까 연인 혹은 연인이 되어볼 목적으로 그 피자 가게를 찾은 손님들이 우리를 묘한 눈으로 쳐다봤다. 그러거나 말거나 사내들은 소란을 떨며 각자 지갑에서 돈을 꺼냈다. 나 역시 흔쾌히 돈을 건넸다.

피자 가게를 나오면서, 이렇게 지내는 것도 괜찮겠다는 생각을 했다. 애들만 알고 학교를 다녀도 졸업하는 데 별 지장은 없겠구나 하는 생각. 부른 배만큼 마음이 든든했다. 들뜬 기분에 이렇게 외쳤다.

"슈퍼 가자. 내가 아이스크림 쏠게."

 잊은 것과 남겨진 것에 대해 말하는 법

내가 착각했음을 알게 된 것은 그로부터 얼마 지나지 않아서였다. 틈틈이 이야기를 나누며 그 속을 들여다보니, 곧 다들 흩어지겠다는 생각이 강력히 들었다. 먼저 둘은 편입을 준비한다고 했다. 입학과 동시에 편입시험 공부를 하고 있다니. 간절히 원해서 온 학교는 아니었지만, 기왕 온 이상 잘 적응해서 다니리라 다짐했던 나로서는 이해가 잘 안 됐다. 다른 한 명은 나와는 다른 전공을 생각하고 있었다. 우리는 학과를 2학년 때 선택하는 학부생이었다. 1년 뒤면 볼 일이 별로 없겠구나 싶었다. 또 다른 한 명은 도저히 친해지기 어려운 녀석이었다. 그는 자신의 노트를 잘 안 보여주려 했다. 상대평가인 시험에서 자신이 손해를 볼 수 있다는 이유였다. 도무지 상생이라는 걸 모르는 악덕업주 같은 그 녀석을 최대한 멀리하고 싶었다.

이래저래 얼마 못 가 다시 혼자가 될 것 같다는 위기감.
남들은 봄이다, 꽃이다, 대학생이다, 자유다, 부어라, 마셔라 하며
싱글벙글거릴 때 나는 그런 걱정을 했다.

변하지 않은 모습

/

그러다 찾아간 곳이 동아리였다. 기타를 연주하는 동아리. 거기에는 나를 혼자 두지 않을 사람들로 북적였다. 가장 기쁜 것은 여자, 그때 말로 '여학우'가 넘쳐났다는 것. 어쩌면 나도 그때 그 피자집에 여자와 함께 갈 수 있을지도 모른다는 생각에 마음이 설렜다. 나는 하루도 거르지 않고 동아리에 드나들었다. 그곳에 가려고 일부러 수업을 빼먹은 일도 여러 번이었다. 정도가 지나쳐 시험 시간에 백지를 낸 적도 있었다.

크게 내색은 안 했지만 즐거웠다. 그러기를 몇 달. 나와는 안 맞는, 이해가 잘 안 되는 문화가 눈에 보이기 시작했다. 표정 관리를 못해서 싫은 티를 잘 못 감췄지만, 최대한 그러려니 했다. 하지만 정말 이해가 안 되는 게 하나 있었다. 바로 졸업생들의 잦은 방문이었다.

신기할 정도로 졸업생이 자주 왔다. 행사 때는 물론 평일 낮이나 휴일에도 예고 없이 들이닥쳤다. 졸업한 후에도 동아리에 신경을 써주는 선배들의 정성. 고마웠다. 하지만 과하다는 생각이 들자 그 모습이 곱게 보이지 않았다. 특히 시험기간이나 한창 연주회 준비 중에 와서 술을 사주겠다며 후배들을 데리고 나가면 화가 났다. 철 지난 개그와 옛 무용담을 남발하는 것도 달갑지 않았다.

물론 유난히 까칠하고 선배들과 어울릴 줄 모르는 나만의 생각이었다. 대부분은 그런 졸업생들을 좋아했다. 이곳만의 자랑스러운 문화라고 말하기도 했다. 딱히 반기진 않아도, "그럴 수도"라며 무덤덤하게 여기곤 했다. 나만 혼자 투덜거렸다.

'졸업하고 그렇게 할 일이 없나.'

동아리 대표를 맡아 1년간 궂은 일도 해보고, 전역 후에는 이런저런 굵직한 행사를 책임지며 동아리에 대한 애정을 더 크게 키워갔지만 그런 생각은 변하지 않았다. 입학한 지 무려 8년 만에 졸업하고 그곳을 떠난 뒤에도 문득문득 그런 생각이 들었다. 나는 그러지 않겠노라 다짐하는 것도 잊지 않았다.

그러던 어느 날. 동아리 홈페이지가 없어지고, 앞으로는 포털 사이트의 카페로 대체한다는 이메일을 받았다. 카페 주소가 적혀 있

 잊은 것과 남겨진 것에 대해 말하는 법

신 못 한 맛…!
口中減臭劑
香 味 丹
10
20

었다. 링크를 눌러 그곳으로 건너갔다. 거기에는 내가 몸담았던 곳의 현재가 있었다. 후배들은 오래전의 나와 비슷하게 놀고 공부를 하고 기타를 치고 사랑을 하고 있었다. 그들은 흡사 과거를 사는 사람들 같았다. 변하지 않은 모습에 키득키득 웃음이 났다.

그날 밤, 이제는 연락이 끊긴 사람들의 흔적을 뒤졌다. 변한 듯 변하지 않은 모습들. 저마다의 삶을, 그들은 예전보다 훨씬 성숙한 모습으로 살아내고 있었다. 마지막으로 들른 곳은 오래전 문을 닫은 내 미니홈피. 디지털의 보존력은 막강했다.

조금도 훼손되지 않은 오래된 사진과 일기가
거기에 오롯이 있었다. 그곳에 한참 머물렀다.
가슴이 뻐근해졌다.

어른인 척하는 어른

/

사실 그리워하고 있었다. 그곳에 가고 싶었고, 가서는 현재를 만들어가는 사람들에게 옛날 사람들이 그랬던 것처럼 미지근한 소주

 잊은 것과 남겨진 것에 대해 말하는 법

나 밥을 먹이고 그들의 현재를 듣고 싶었다. 또 내가 만들어가던 현재가 지금은 어떤 모습의 과거로 변했는지 확인하고 싶었다. 이런저런 생각 없이 사람들에게 섞이고 싶었다. 그제야 당시 졸업생들의 마음이 이해가 됐다. 왜 그때는 그런 생각을 하지 못했을까.

아마 어른이 아니어서 그랬을 것이다. 그때도 나는 생물학적으로 그리고 사회적으로 어른이기는 했다. 속은 여전히 애였지만. 지금도 완전히 어른이 됐다고 생각하진 않지만 분명 그때와는 다른 것 같다. 어른인 척하는 어른이랄까.

아마 그들도 비슷하지 않았을까. 사회적으로 어른 취급을 받고, 때문에 어른인 척해야 하는 처지. 겪어본 사람은 알겠지만, 이 '척'은 만만치 않다. 힘이 들어 눈물이 쏟아져도 꾹꾹 참아야 하고 툭하면 삐죽 튀어나오는 애 같은 마음도 잘 숨겨야 한다. 그래야 제 앞가림을 잘한다는 소리를 듣고 진짜 어른으로 인정받는다.

이 과정에서는 온전히 혼자고 그만큼 외롭다. 어떤 시인이 오래전 "외로우니까 사람이다"라고 말한 것처럼, 어쩌면 어른이 되어가는 것은 그런 외로움을 견디는 일이 아닐까. 지금 이 '척의 시기'를 통과하면서 그런 생각이 든다.

아마 그때의 졸업생들도 외로웠을 것이다. 그래서 애처럼 편하게 쉴 수 있는 곳을 자꾸만 찾았을 것이다. 적어도 그곳에는 자신을 다그치는 어른이 없고, 진짜 어른으로 나아가기 위한 성장통 대신 젊음이라는 이름으로 찬란했던 자신의 흔적이 있으니 말이다.

추억을 마주할 용기

/

이후 몇 번인가 그곳을 찾아가려 했지만 가지 않았다. 여러 가지 이유가 있었지만 가장 큰 이유는 추억을 정면으로 마주할 자신이 없다는 것이었다.

애니메이션 〈짱구는 못말려〉의 아홉 번째 극장판 〈태풍을 부르는 맹렬! 어른 제국의 역습〉에는 짱구 아빠가 서럽게 우는 장면이 나온다. 사연은 이렇다. 악당의 세뇌로 짱구 아빠는 추억에 갇힌다. 추억을 정면으로 마주하게 된 것이다. 처음에는 좋았다. 하지만 머릿속에서 생생하게 펼쳐지는 추억을 결국 그는 감당하지 못한

다. 끝내 추억 때문에 펑펑 우는 짱구 아빠. 겨우겨우 현재로 돌아
와 미래로 나아간다. 물론 이때도 울면서, 아주 힘들게.

이 장면을 보며 나도 울었다. 나는 생생한 추억이 두렵다. 다시는
돌아가지 못할 과거, 좋았던 그때가 선명하게 떠오르면 마음이 아
프다. 먼 과거일수록, 다시는 겪지 못할 과거일수록 그렇다. 그래
서 어린 시절 사진을 잘 못 본다. 또 귀신이 나오는 악몽보다 세상
을 떠난 할머니 혹은 꼬마였던 내가 나오는 꿈을 더 무서워한다.

만약 지금 그곳에 가면 어떨까.
거기서 내가 연주하던 낡은 기타를 알아보기라도 한다면?
그때 밀려올 쓸쓸함을 감당할 자신이 없다.

그렇다고 추억을 완전히 멀리하는 것은 아니다. 그럴 수도 없거니
와, 추억이 현재를 사는 데 힘을 보탠다는 것도 잘 알고 있다. 다만
적당히 추억할 뿐이다. 푹 빠지지 않고 적당히 즐기다가 슬그머니
현재로 돌아오는 것, 그래서 마음이 조금만 아픈 추억을 하는 것.
사실 그랬던 덕에 가능했다. 이렇게 이런저런 추억을 쓸 수 있었
던 것은.

이제 쓸 글은 조금 더 본격적이다. 벌써부터 발목이 시큰거린다.
혹 짱구 아빠처럼 추억에 갇히는 것은 아닐까. 이번 여행은 살짝
걱정이 된다.

누군가는
기억하고 있다

나도 모르게 클릭하기

/

보려고 한 게 아니다.

어쩌다 보니 보고 있다. 옛날 여자친구의 사진. 옆에는 새로 사귄 사람인가? 둘이 손으로 하트를 그리며 해맑게 웃는 모습에 부아가 치민다. 초면인 남자에게 속으로 저주를 날린다. 이 자식, 뭐 이렇게 생겼냐. 얼빵하게 생겨서는 바보처럼 웃고 있네. 좋니, 좋아? 뭐 하는 녀석이야. 어라, 직업은 좋네. 그래 직업이라도 좋아야지. 그런데 그거 아니? 평생 그 일만 하고 살 수는 없다는 거. 그런데 키는 왜 이리 커. 나와 다르구나, 너는.

악담을 퍼붓는 나와 어느 밤 "그녀의 행복을 빌어줘야지"라며
콧등을 꼬집던 나 중 어떤 게 진짜 나인지 헷갈린다.
어쩌자고 난 이 사진을 클릭한 걸까.

분명 나는 일하는 중이었다. 인터넷에서 정보를 모으고 있었다.
많이들 그렇듯 인터넷 창을 열고 일을 하다보면 가끔 딴짓도 한
다. 기사도 읽고, 댓글도 달고, 쇼핑도 하고, 만화도 보고. 눈치껏
여기저기 기웃거렸다. 그러다 요즘 자주 가는 SNS 사이트에 접속
했다. 알 수도 있는 사람이라나. 익숙한 얼굴이 보였다. 그저 무심
하게 클릭. 정말이다. 딱히 그녀의 근황이 궁금한 것은 아니었다.
하여간 정신을 놓고 있던 게 화근이었다. 눈앞에 펼쳐진 사진. 좀
꿀꿀하다.

인터넷이라는 것, 이럴 때 짜증난다. 인터넷에 안 들어가려고 무
진 애를 써봐도 늘 호기심이 이성을 압도한다. 일단 인터넷이 가
능한 환경이면 나도 모르게 이것저것 클릭질이다. 자꾸 쓸데없는
클릭을 하며 시간을 보내다 괜히 심각해진다. 혹시 인터넷 중독은

아닐까. 그것으로 또 스트레스를 받는다. 이게 다 무디지 못해서 그렇다. 그런가보다 하고 넘어가면 될 일에 왜 이리 혼자 진지하고 예민하게 반응하는 것인지.

내게 인터넷은 애증이다. 싫어도 좋은 것은 있으니까. 내가 자주 이용하는 것 중 하나가 인터넷 사전이다. 만날 쓰고 읽고 해도 헷갈리는 말이 많아 꼭 찾아봐야 한다. 인터넷이 없으면 어떨까. 종이 사전을 보면 될까. 그러다가는 하루에 몇 줄이나 쓸 수 있을지 모르겠다. 부끄럽지만 인터넷이 몸에 밴 내 현실이 그렇다. 이것 하나만 봐도 인터넷을 마냥 미워하기 어렵다. 그리고 하나 더. 나는 이것 때문에라도 인터넷을 못 끊는다.

바로 '검색'이다.

검색어 '홍길동'
/

고등학교 때 처음 인터넷 검색이란 걸 해봤다. 집집마다 컴퓨터가 있지도 않았고 지금처럼 인터넷이 빠르지도 않은 시절이었다. 인

 잊은 것과 남겨진 것에 대해 말하는 법

터넷 전용선은 드물었고, 전화기에 선을 연결해 PC통신에 접속했다. 자기 방에 컴퓨터가 있는, '있는 집' 남자아이들은 막 뜨기 시작한 어느 여배우의 프린터 광고를, 길게는 몇 시간에 걸쳐 다운받아 보았다. 지금이면 내려 받는 데 1분도 안 걸릴 저화질, 저용량의 그 동영상은 장안의 화제였다. 쫙 달라붙는 옷을 입은 늘씬한 여배우가 테크노 음악에 맞춰 춤을 췄고, 그 모습을 남자아이들은 넋을 잃고 바라봤다. '없는 집' 남자아이였던 나는 대학교에 입학해서야 컴퓨터를 갖게 됐다. 그게 있어야 공부가 잘된다는, 중학교 때부터 해오던 그럴싸한 거짓말이 드디어 먹힌 것이다.

그러니까 내게 최초의 인터넷 검색은 그전의 일이다. 그 여배우가 슈퍼스타가 되리라고는 아무도 예상하지 못했던 시절, 동시에 누구나 인생의 슈퍼스타가 될 수 있을 거라는 막연한 기대를 하던 때였다. 그즈음 PC방이 하나둘 생겼다. 남자아이들은 오락실 대신 PC방을 다니기 시작했다. 나 역시 친구들을 따라 그곳에 갔다. 거기서 검색이란 걸 해봤다. 아마 대학교 입시 정보를 검색했을 것이다. 지금은 거의 찾지 않는 검색엔진을 사용했는데, 그 결과가 그렇게 신기할 수 없었다. 키보드에 익숙하지 않았던 나는, 일명 독수리 타법으로 머리에 툭툭 떠오르는 말들을 검색창에 쓰며 놀았다.

그날 이후 나는 검색형 인간이 됐다. 지금은 나름대로 검색의 달인으로, "검색되지 않으면 존재하지 않는다"는 말을 믿는 편이다. 그리고 가끔 내 이름을 검색한다. 어렸을 때부터 내 이름이 흔하지 않다고 여겨왔는데, 요즘 보면 그렇지도 않다. 나와 같은 이름의 사람들. 직업, 나이, 생김새, 어느 하나 닮은 게 없는 그 사람들은 저마다의 존재감을 드러내며 자신의 행적을 '본의 아니게' 공개한다. 살펴보면 그들은 대부분 잘났거나 남과 다른 특별함을 가졌다. 뭐, 당연하다. 그래야 검색이 되니까.

드문드문 나도 보인다. 상황은 늘 다른데, 어떤 날은 첫 페이지에 내 이름 석 자와 사진, 내가 쓴 책이며 만든 음악 등이 조그맣게 보인다. 심지어 내 이름이 들어간 기사도 눈에 띈다. 그러면 마치 내가 이 세상의 주류가 된 듯한 착각이 들고, 세상의 주인공이 된 양 어깨가 으쓱해진다. 어떤 날은 나라는 존재가 세상에서 지워진 게 아닌가 싶을 정도로 찾기가 어렵다. 뒤지고 뒤져야 구석에서 못생긴 덧니를 드러내며 웃고 있는 내가 보인다. 그러면 세상이 무너진 듯 한숨을 쉬며 스스로를 위로한다. 그래, 나는 슈퍼스타가 아니니까. 그저 보통 사람이니까. 안타까운 것은 그렇게 검색되는 경우마저 적다는 사실이다.

지금은 그러려니 한다. 또 모른다. 겉으로는 체념한 척하면서 꿈꾸고 있는지도. 내 이름을 검색하면 첫 페이지 가장 위에 다른 누구도 아닌 내가 떡하니 뜰 그런 날을. 가능성이 희박하다는 걸 안 지는 이미 오래지만, 괜찮지 않을까. 사람은 이따금 막막한 꿈 덕에 배가 든든해지기도 한다.

언젠가는 이런 일도 있었다. 내 이름을 검색한 뒤 아래로 인터넷 창을 내리는데, 저주의 말이 보였다. 누군가 내 이름을 쓰고 죽으라고 외치고 있는 게 아닌가. 나를 두고 하는 말인가 싶어 심장이 벌렁거렸다. 조심히 클릭했는데 내게 하는 말 같지는 않았다. 그럼 그렇지. 내가 누군가한테 원한을 살 만한 행동을 한 적은 없잖아? 그렇게 당당한 척 '뒤로 가기'를 눌렀다. 그리고 더 많은 페이지를 열어보려다 말았다. 혹시 여기가 아닌 다른 어딘가에서 누군가 나를 미워하고 있지는 않을까 싶어서.

  잊은 것과 남겨진 것에 대해 말하는 법

추억 검색

/

요즘 내가 즐겨 하는 검색은 추억 검색이다. 뭔가 하면, 오래전 나를 열광시켰던 무언가를 검색하는 것이다. 검색어는 장난감이나 학용품 또는 어떤 사람이나 한때 유행했던 물건이다. 그러면 이 똑똑한 검색엔진은 다양한 이미지와 글 혹은 영상을 찾아준다. 그것들을 하나씩 클릭하다보면 까마득하게 잊고 지냈던 기억들이 하나둘 떠오른다.

예를 들어 책받침. 책받침을 검색하면 관련 자료가 끝도 없이 펼쳐진다. 책받침은 공책의 종이 질이 떨어지던 과거에, 연필로 꾹꾹 눌러 쓰면 생기는 자국을 막아주던 학용품이다. 요즘에는 쓰지 않지만 한때 책받침은 필수 학용품이었다. 아이들은 문방구에서 좋아하는 연예인이나 운동선수의 사진이 들어간 책받침을 샀다. 가끔은 짧은 글을 쓴 종이나 사진을 코팅해 직접 만들기도 했다. 책받침은 아이들의 개성과 선호를 표현하는 하나의 수단이었던 셈이다.

때때로 책받침은 전혀 다른 용도로 사용됐다. 여름이면 부채로 변

신했고, 손톱만 한 크기의 공 모양으로 자르면 볼펜으로 튀기며
노는 장난감이 됐다. 엉뚱한 아이들은 책받침 모서리를 질겅질겅
씹거나 괜히 코팅을 벗겨내며 스트레스를 풀었다.

어디 책받침뿐인가. 언젠가 애니메이션 〈피구왕 통키〉를 검색한
일이 있다. 통키를 비롯해 태백산, 민대풍, 타이거 등 과거 영웅들
의 얼굴이 눈앞에 펼쳐질 때, 솔직히 감격스러웠고 동시에 경악했
다. 초등학생인 그들의 비현실적인 근육과 어마어마한 진지함에.
요즘은 "피구를 하다 죽은 사람"이라며 희화화되곤 하는 통키 아
버지의 기구한 운명도 마찬가지다. 물리법칙을 가볍게 무시한 어
마어마한 필살숏이라니. 한 번도 이런 황당한 설정을 의심해본 적
이 없었다. 그때는.

방점을 찍은 것은 역시 주제가다. "아침 해가 빛나는"으로 시작해
"피구왕"으로 끝나는 그 주제가. 간만에 피구를 해보고 싶었다. '불
꽃숏'은 여전히 못 던지겠지만.

혹시 '보물섬'이라는 프라모델을 아는지. 원래 이름은 '로보다치
보물섬'으로 지금은 사라진 일본의 이마이라는 회사에서 만들던

 잊은 것과 남겨진 것에 대해 말하는 법

장난감이다. 우리나라에서는 '보물섬'이라는 이름으로 판매됐는데, 정식 허가를 받은 것인지 아니면 불법 복제한 것인지는 잘 모르겠다. 하여간 이 프라모델은 한때 선풍적인 인기를 끌었다. 당연히 나도 흠뻑 빠졌다. 우스꽝스러운 로봇 해적과 그들의 활동 무대인 섬이 그려진 상자들 안에는 조각난 플라스틱 부품이 잔뜩 들어 있었다. 이걸 하나씩 끼워 맞췄다.

그렇게 완성된 해적은 상자의 그림과는 많이 달랐다. 특히 도색을 하지 않아서 상상만큼 멋지지 않았다. 사실 색을 칠해야 하는지도, 전용 도료가 따로 있는지도 몰랐다. 한 번은 색을 칠해야 한다는 걸 알고 물감을 칠한 적이 있다. 잘될 리 없었다. 오히려 더 지저분해졌다. 그래도 잘 가지고 놀았다. 물감 때문에 얼룩덜룩한 해적을 양손에 하나씩 쥐고 해적 놀이를 했다. 입으로 슈웅, 쉬잉, 탕, 챙, 펑 등 총과 대포, 칼 소리를 내는 것도 잊지 않았다. 허접스러운 현실과 달리 내 머릿속은 이미 영화 〈캐리비안의 해적〉과 같은 스펙터클한 무대를 그리고 있었던 것이다.

언제 사라졌는지도 모르는 그 보물섬을 최근 인터넷 덕에 다시 떠올렸다. 우연히 본 한 장의 사진이 발단이었다. 검색해보니 그때 그 보물섬에 관련된 글과 사진이 수도 없이 나타났다. 아, 그래, 맞아. 저런 게 있었지. 나는 보물이라도 발견한 듯 입을 다물지 못했다. 보물섬을 시작으로 한때 나를 사로잡았던 장난감을 떠오르는 대로 검색창에 써넣었다. 검색 결과는 놀라웠다. GI 유격대, 따조, RC카, 프리즘 카드 등 모니터는 장난감 박물관을 방불케 했다.

전학 간 친구를 다시 만난 것 같은 기분.
그날, 가슴이 쿵쾅거렸다.

비슷한 시간을 살아온 사람들

/

가족과 친구, 애인이 좋은 것은 추억을 공유할 수 있어서다. 이제는 사라져 존재하지 않거나 내가 갖고 있지 않더라도 그들은 기억해준다. 늘 그런 것은 아니고 나 혼자만 기억하고 있을 때도 적지 않다. 나이를 먹을수록 그렇다. 무언가 옛것을 말하면 사람들은 맞장구를 쳐주다가도 금세 시들해진다. 그러고는 곧 딴 이야기를 시작한다. 그 나이에 관심을 가질 만한 것들, 이를테면 집값, 주식, 승진, 결혼에 대한. 내 오랜 친구들도 그랬다. 그들은 아예 잊었거

 잊은 것과 남겨진 것에 대해 말하는 법

나 굳이 기억하지 않으려고 하는 것 같았다. 나만 빼놓고 모두 어른이 되어 있었던 걸까. 어느새 훌쩍 큰 친구들 사이에서 머리를 긁적이며 입을 닫아야 했던 때가 한두 번이 아니었다.

인간은 망각의 동물이라고 하니까. 뭐 그럴 수도 있지.
태연한 척했지만 속으로는 서운하고 아쉬웠다. 외로웠다.

지금은 그런 외로움을 덜 느낀다. 다행이다. 가상의 공간에서 누군가는 기억하고 있었다. 나와 비슷한 시간을 살아온 그는 추억을 모으고 쓰다듬고 있었다. 검색 한 번이면 그 추억을 나눌 수 있다는 사실에 나는 안심이 됐다.

자, 그러면 오늘은 뭘 검색해볼까. 지금 생각해보면 조악하기 짝이 없는 조립식 장난감? 쌓인 먼지를 후후 불어가며 게임기에 꽂았던 게임 팩? 트랜스포머 뺨치는 변신 필통은 어떨까. 동생이 가지고 놀던 종이 인형도 괜찮겠다. 뭘 검색하든 짠하고 나타날 것이다. 누군가는 분명 기억하고 있을 테니까.

 잊은 것과 남겨진 것에 대해 말하는 법

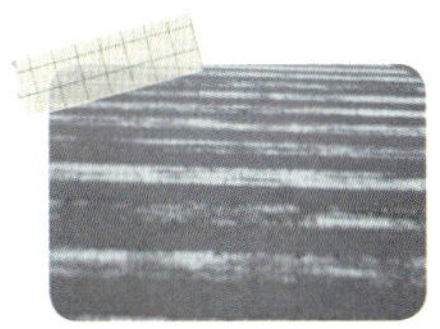

사라진 길과
기억된 길

스무 살의 막연한 두근거림

/

스무 살의 학교 가는 길.

그 풍경은 한 해 전과 사뭇 달랐다. 억지로 다리를 끄는 학생은 없
어 보였다. 대체로 발걸음이 가벼웠다.

신입생 눈에는 별게 다 멋있어 보였다. 전공 서적을 옆구리에 끼
고 다니는 모습은 물론 애처럼 빵을 입에 물고 다니는 것까지. 이
성 친구와 어깨동무를 한 채 서로의 얼굴만 보며 걷는 품이며 지

난밤 과음을 했는지 부스스한 머리를 긁적이는 것마저 근사해 보였다. 지각하지 않으려고 헐레벌떡 뛰는 모습조차도.

이런 학생들이 학교를 중심으로 뻗은 여러 갈래 길에 바글거렸다. 가끔 별난 학생도 보였다. 개량한복에 하얀 운동화를 신고 사뿐사뿐 걷는 이, 요상한 머리 모양을 한 채 악기를 메고 성큼성큼 발을 뻗는 이, 우당탕탕 굉음을 내며 오토바이를 몰고 다니는 이, 예비군복을 입고 우쭐거리는 이. 별별 학생들이 길 위를 서성였다.

외환 위기가 한풀 꺾여가던 때였다. 등록금 문제가 심각하게 논란이 되던 때도 아니었다. 그렇다고 태평한 시대는 분명 아니었고, 개개인의 고충은 여전했을 것이다. 하지만 내 눈에는 어떤 위기감이나 아픔은 잘 보이지 않았다.

그저 그 모습이 한없이 신선하고 막연히 좋아 보였다.
스무 살은 그런 나이였다.

계절이 바뀌고 해가 지났다. 학교 가는 길의 풍경은 그대로였다. 유행이 변해 옷차림이나 머리 모양, 손에 든 주전부리는 달라졌지

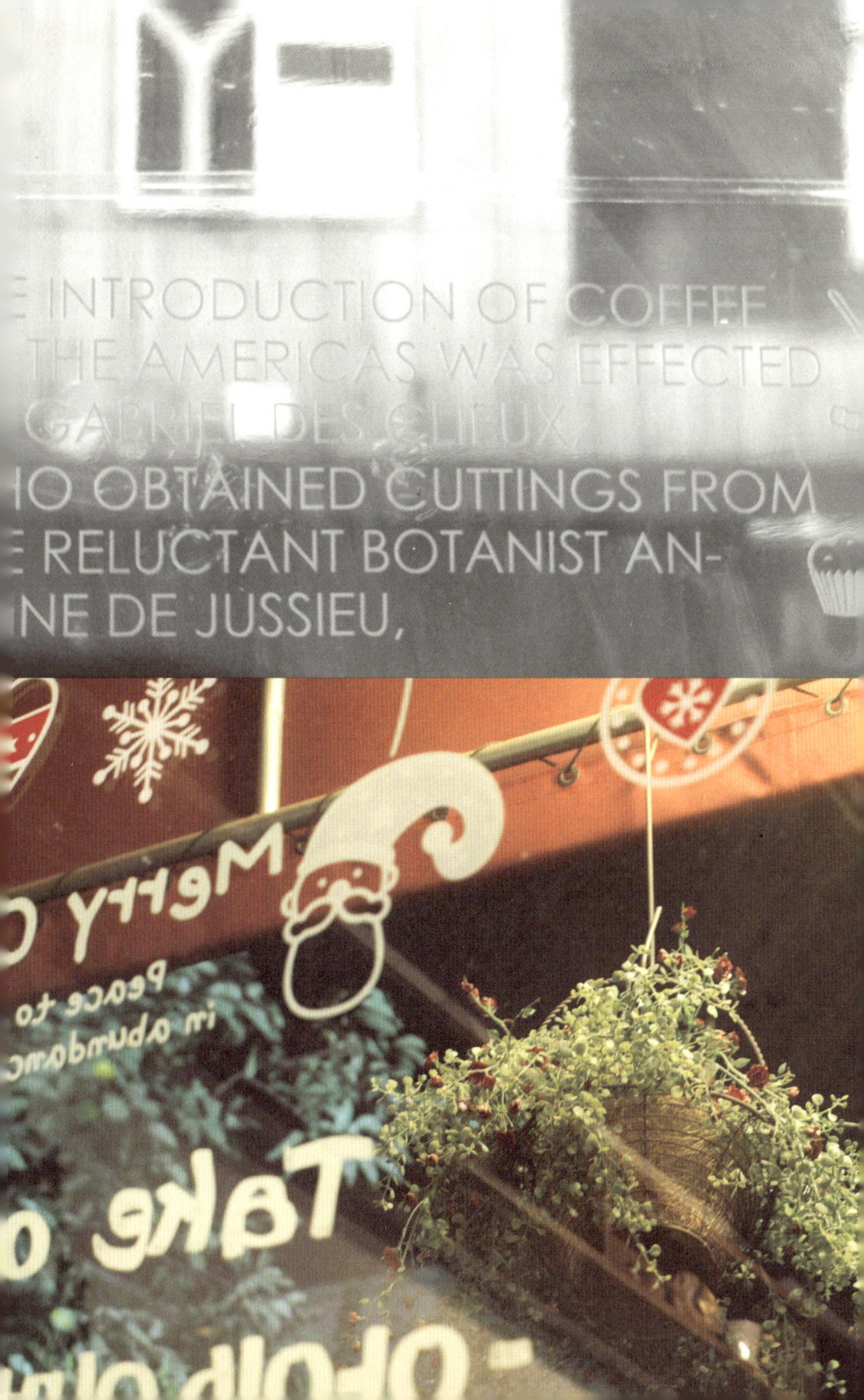
E INTRODUCTION OF COFFEE
THE AMERICAS WAS EFFECTED
GABRIEL DES CLIEUX,
HO OBTAINED CUTTINGS FROM
E RELUCTANT BOTANIST AN-
NE DE JUSSIEU,

만 이래저래 거의 비슷했다. 여전히 그들은 걷거나 뛰고 있었다. 새로 입학한 스무 살의 눈에 그들은 신선하고 좋아 보일 터였다. 쭉 그랬으면 싶었다. 스무 살을 보낸 이들이 새로운 스무 살에게 막연한 두근거림을 주길 바랐다. 그러나 이뤄지지 않았다. 어느 날 그들은 모두 자취를 감췄다. 길은 텅 비었다.

학교가 이사를 간 것이었다. 학교는 이 도시의 한복판을 떠나 아예 다른 도시에 자리를 잡았다. 설왕설래 말이 많았다. 학생들은 불평불만을 쏟아냈다. 반면 학교는 새로운 비전과 더 나은 교육환경을 약속하며 학생들을 달랬다. 언론도 이에 동조해 유례없는 실험이라며 기대감을 표했다.

처음 이전 소식을 듣고는 시큰둥했다. 마지막 학기를 집에서 먼 곳으로 다녀야 한다는 게 찝찝했다. 하지만 이미 일을 시작한 상태였고, 남은 마지막 학기는 최소 학점만 듣겠다고 마음먹은 터라 크게 개의치 않았다. 말만 잘하면 학교를 거의 안 나가도 될 거라는 생각도 들었다.

다만 걱정되는 것은 그곳에서 쌓은 추억이었다.

사라진 학교

/

얼마 후 버스를 타고 그곳을 지나쳤다. 창밖으로 버스 정류장이 보였다. 가끔 이용하던 정류장이었다. 반가웠다. 정류장 뒤쪽에 있는 작은 병원도 아직 거기 있었다. 한 친구가 몸이 아팠을 때 같이 가주었던 병원이었다. 버스는 좀더 앞으로 나아갔다. 횡단보도가 눈에 들어왔다. 학교에 가거나 집에 가려면 늘 밟아야 했던 하얀 줄들. 늘 학생들로 북적이던 그 길은 한산했다.

빨간 신호에 잡혀 있던 버스가 다시 달렸다. 반짝 유행했던 아이스크림 가게가 보였다. 등을 돌리면 가진 돈을 탈탈 털어 갔던 피자 가게와 용돈을 넣어두던 은행이 있을 터였다. 버스는 조금 더 속력을 냈다. 정문보다 훨씬 더 커서 모르는 사람은 정문으로 착각하는 서문이 빠르게 눈앞을 지나갔다. 그 짧은 시간에 서문에서 대학원 건물로 이어지던 언덕길을 봤다. 공사가 한창이었다.

버스는 제 속도를 찾아 빠르게 이동했다. 곧 고가차도와 터널을 지날 터였다. 예나 지금이나 막힐 때는 끝도 없이 막히고 뚫릴 때는 순식간에 내달리는 길이다. 그날은 아주 막히지도, 시원하게 나아가지도 못했다. 그 길에서 조금 전 스쳐 지나갔던 현장을 떠올렸다. 여전히 파란 하늘. 하지만 그 하늘 아래에는 있어야 할 것들이 없었다. 건물들이 부서진 건지 새로운 건물들이 세워지고 있는 건지 감이 안 왔다. 분명한 것은 어정쩡한 형체의 건물들이 마치 원래 거기에 있었다는 듯 천연덕스럽게 놓여 있었다는 것이다. 중장비의 머리가 몇 개 보였고, 여기저기 뻗은 철골이 하늘을 죽죽 긋고 있었다.

마음이 착잡했다. 이름은 있되 실물은 없는 묘한 상황.
실향민의 마음이 대충 이럴 거라 짐작한다면 좀 지나친 걸까.
학교에 큰 애정도 없고, 고향 또한 딱히 없지만,
괜스레 고향을 잃은 설움 같은 게 슬그머니 밀려왔다.

얼마 뒤 학교 사람들을 만났다. 거의 졸업한 이들이었다. 허물어진 학교에 대해 말이 많았다. 다들 아쉽다고 한마디씩 보탰다. 들어보니 그곳에는 고급 아파트가 들어선다고 했다. 학교 안에 들어

 잊은 것과 남겨진 것에 대해 말하는 법

갈 수 있는지에 대해서는 의견이 분분했다. 누군가는 자기가 들어 가봤다며, 아직 학교의 흔적이 남아 있음을 목격했다고 말했다. 다른 누군가는 이제는 막아놨다고 했다. 이사 간 학교에는 왠지 정이 안 간다며 가기 싫다는 사람도 있었다. 그 말들이 어지러웠다.

더 이상 갈 곳이 없다

/

일을 그만두고 시간이 남아돌게 된 나는 작정하고 그곳을 찾았다. 무언가를 확인하고 싶었다. 학교 갈 때 이용하던 오래된 역에 내렸다. 역은 달라진 게 거의 없었다. 창밖으로는 이 도시에서 가장 번화한 풍경이 흘렀다. 낡은 바닥도 여전했다. 창밖에서 쏟아지는 햇살은 스무 살 무렵의 그것과 똑같았다. 달라진 것은 신식으로 바뀐 개찰구와 한산한 분위기였다. 학생이 사라진 그곳의 밤은 을씨년스러울 것 같았다.

역에서 빠져나와 지난날 학생들로 가득했던 횡단보도까지 걸었다. 찬찬히 주변을 둘러봤다. 많은 것들이 사라지고 없었다. 간판이 여럿 바뀌었고, 학생들을 상대하던 노점은 감쪽같이 자취를 감춘 상태였다. 곧 쓰러질 것 같던 낡은 술집 대신 전에 없던 고급 음식점이 더러 보였다. 취한 학생들로 북적였던 지저분한 골목도 흔적만 남아 있었다.

횡단보도를 건너 학교로 향했다. 곧장 학교로 가지 않고 일부러 먼 길을 돌았다. 그곳은 상상 이상으로 변해 있었다. 싼값에 넉넉하게 밥을 퍼주던 식당은 하나도 남아 있지 않았다. 이름이 바뀐 식당들은 아마 학생들이 선뜻 내기 힘든 밥값을 받고 있을 터였다. 학교에 가까워질수록 천천히 걸었다. 옛 흔적을 조금이라도 더 찾고 싶었다. 쉽지 않았다. 오래된 길과 낡은 건물은 그대로였지만 더 이상 학교 근처 특유의 활기는 남아 있지 않았다.

그러다 닿은 학교 정문. 출입 금지를 알리는 바리케이드가 떡 버티고 있었다. 고개를 빼 안을 보니 마무리 공사가 한창인 듯싶었다. 보지 않아도 알 수 있었다. 그곳은 더 이상 학교가 아니었다.

스무 살 때와는 다른 막연한 무언가가 가슴을 치고 올라왔다. 발걸음을 돌려 대사관이 몰려 있는 언덕길로 향했다. 자주 갔던 카페에 가고 싶었다. 지금보다 더 커피 맛을 모르던 때 찾던 카페였

   잊은 것과 남겨진 것에 대해 말하는 법

다. 문은 열리지 않았다. 안을 보니 적어도 커피를 팔고 있지는 않은 듯했다.

더 이상 갈 곳이 없었다. 떠나려고 버스를 탔다. 똑같은 길을 다시 걸으면 왠지 유령이라도 만날 것 같았다. 나를 태운 버스는 고가도로를 지나 터널에 진입했다. 길은 뻥 뚫려 있었다.

모두 어디로 갔을까

/

그 뒤 얼마간 마음이 복잡했다. 그리 예쁘게 생긴 학교는 아니었다. 낡은 건물이 대부분이었고, 어디 자랑할 만큼 잘난 공간도 없었다. 계절마다 바뀌는 풍경도 학교 홍보 책자에 실린 사진과 비교하면 솔직히 별로였다.

하지만 그 속에서 내가 만들어낸 것들은 분명 아름다웠다. 부끄러운 실수와 창피한 실패조차, 돌이켜보면 그랬다. 내가 만든 것이어서가 아니었다. 다시는 살지 못할 스무 살의 막연한 동경이 만든 것이어서 그랬다.

모두 어디로 갔을까. 부서진 옛 학교 건물과 함께 사라졌을까. 내
내 그런 생각이 들었다. 하지만 돌이킬 수는 없는 일이었다. 씁쓸
했지만, 인정하고 수긍해야 했다. 나는 다시 보통의 졸업생으로
살기 시작했다.

학교 친구를 만났다. 어느 결혼식장에서였다. 오랜만에 본 친구였
다. 요즘 어떻게 살고 있냐는 질문으로 시작된 대화의 어느 한 지
점에서 그는 예전 이야기를 꺼냈다. 그는 내가 까마득하게 잊고
있던 많은 사실을 기억하고 있었다. 그의 말 속에서 나는 허물어
진 옛 학교를 흐릿하게 떠올렸다. 그때 다른 친구가 끼어들었다.
그는 자신이 기억하는 또 다른 사실을 보탰다. 그러자 기억 속 학
교는 조금 더 선명해졌다. 몇몇이 더 끼어들었다. 우리는 맞장구
를 치거나 저마다의 기억을 더했다.

같은 공간과 시간을 산 사람들이 모은 기억의 힘은 컸다. 머릿속
학교를 한층 정교하게 만들었다. 놀랍게도 나는, 어느 강의실 문
고리의 촉감이나 자판기의 얼룩 같은 사소한 것들까지 떠올릴 수
있었다. 약 10년 전 그들과 공유했던 감정은 물론이었다. 눈가가
욱신거렸다. 때마침 누군가 던진 엉뚱한 농담 덕에 나오려던 눈물

 잊은 것과 남겨진 것에 대해 말하는 법

은 곧 흩어졌다.

나도 그렇겠지만, 그들은 많이 변해 있었다. 외모부터 학생 때와
는 달랐다. 처한 상황도 마찬가지. 사회에서 자리를 잡기 위해 그
들은 한창 분투 중이었다. 당연히 생각이나 관심거리도 과거와는
많이 달랐다. 하지만 그들의 몸 어딘가에는 존재했다. 막연하게
설레던 스무 살 무렵과 무언가를 아름답게 만들어가던 어느 시절
이. 또한 이제는 사라진 학교 가는 길이 그들 안에 있었다. 가끔 그
길이 생각나면 그들은 기꺼이 그 길을 열어줄 터였다.

다행이다. 그리고 고맙다.
그 길과 우리의 스무 살을 여전히 기억해줘서.
아직 이 도시에 살고 있어줘서.

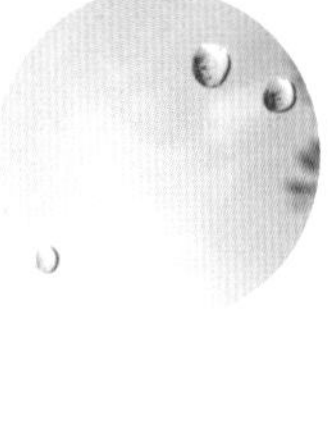

돈가스 여행

돈가스 애호가

/

돈가스를 좋아하다 못해 사랑한다.

툭하면 돈가스를 먹고, 맛 좋다는 돈가스 집은 꼭 가보려고 한다. 두 끼 연속 같은 음식을 잘 안 먹지만 돈가스는 예외다. 아침에 먹고 점심에도 먹을 수 있으며, 피치 못할 상황이라면 저녁으로도 괜찮다. 돈가스와 관련한 소망은 세 개. 하나는 돈가스 집을 차리는 것. 또 하나는 돈가스 홍보대사를 맡는 거다. 마지막으로 돈가스 표기법을 고치고 싶다. 자장면은 짜장면이 됐는데, 왜 돈가스는 돈까스가 되지 못하는가. '돈까스'가 입에 붙은 사람으로서의 바람이다.

이처럼 돈가스에 목을 매는 이유는 우선 맛있어서다. 바삭바삭한 튀김옷 속에 숨어 있는 부드러운 속살. 한입 베어 물면 퍼지는 고소함. 소스와 첨가 재료에 따라 맛이 바뀌는 변화무쌍함이며 채소와 밥, 국이 잘 어울리는 조화로움까지. 도저히 돈가스를 사랑하지 않을 수 없다.

바삭바삭한 추억의 시작
/

TV를 보면 가끔 특정 가게 음식을 수십 년간 먹어왔다는 단골이 나온다. 기차를 타면 꼭 사이다와 삶은 계란을 먹는다는 사람도 있다. 이유를 물어보면 십중팔구 옛날 생각이 난다고, 어머니가 해준 음식 같아서 그렇다고 이야기한다. 다른 것보다 맛있거나 간편해서가 아니라는 것이다. 음식이라는 게 그렇다. 배를 채우거나 혀를 즐겁게 해주는 것 이상의 효과를 발휘하기도 한다. 누구에게라도 그런 음식이 하나 정도는 있지 않을까. 입으로 들어가면 머릿속을 추억으로 채워주는 음식 말이다.

내게는 돈가스가 그런 음식이다. 처음 먹어본 게 언제였더라. 확실한 것은 아주 어렸을 때라는 것이다. 지금은 사라진 경양식집. 거기서 처음 돈가스를 먹었다.

경양식집은 어린 내가 보기에 신비한 곳이었다. 일단 입장하면 우아한 인테리어가 눈을 어지럽혔고 격조 높아 보이는 음악이 귀를 간질였다. 자리에 앉으면 말끔한 차림의 종업원이 와 메뉴판을 건넸다. 메뉴판에는 돈가스를 비롯해 함박스테이크, 정식 등 듣도 보도 못한 음식명이 쓰여 있었다. 돈가스를 고르면 종업원은 빵과 밥 중 무엇을 곁들일지 물었다. 나는 늘 빵을 달라 했다. 왠지 그게 더 근사해 보였다.

주문이 끝나면 잠시 후 종업원이 수프를 내왔다. 지금이야 수프는 종류도 많고 흔하지만 그때는 마냥 신기한 국이었다. 후추를 살살 뿌려 한 숟갈씩 떠먹는 맛이 어찌 그리 좋던지. 수프를 다 먹으면 칼과 나이프가 세팅되고 돈가스가 등장했다. 어설프지만 쓱쓱 썰어 먹는 재미. 나는 동화 속 왕자님이 된 기분이었다.

우리 가족은 특별한 날 그곳에 가곤 했다. 지금도 이름이 기억난다. 상호명이 "오선지"였다. 이름 참 예술적이다. 그곳에 갈 때마다 나는 이렇게 말했다.

"나중에 정육점 딸과 결혼하겠어요."

순진한 바람이었다. 정육점을 운영하는 장인어른이나 장모님이라면 돈가스를 비롯한 고기반찬을 사위에게 실컷 먹여주지 않겠냐고 생각한 것이다. 그리고 이런 말도 했다.

"나중에 회사원이 되면 점심시간에 돈가스만 사 먹겠어요."

간절하면 이루어진다나. 처음 다니던 회사 근처에는 돈가스 집 두 개가 붙어 있었다. 모두 적당한 가격에 맛도 좋고 푸짐했다. 직원이 거의 남자여서 그런지 다들 돈가스를 좋아해, 우리는 그 두 곳을 번갈아가며 다녔다. 장하게도 고작 이십대에 어릴 적 꿈 하나를 이룬 셈이었다. 이제 결혼만 남았다.

The American Heritage STUDENT'S DICTIONARY
The Reader's Digest Great Encyclopedic Dictionary
The Reader's Digest Great Encyclopedic Dictionary

특별했던 돈가스 몇 개

/

크리스마스에 먹은 돈가스가 기억난다. 여전히 경양식집이 존재하던 시절이었다. 엄마는 남매를 데리고 명동에 갔다. 난생처음 가본 명동은 사람들로 바글바글했다. 엄마 손을 놓치지 않고 따라다닌 게 기적이다 싶을 정도였다. 인파에 떠밀리던 우리는 저녁을 먹기 위해 한 경양식집에 들어갔다. 거기서 시켰던 돈가스. 동네 경양식집에서 먹던 맛과는 달랐다. 평소에는 보지 못한 도심의 크리스마스 불빛 때문이었다.

그때는 뭣도 모르고 먹었지만 지금 생각하면 마음이 짠하다. 이 도시의 화려함과 부를 대변하던 명동과는 달리 우리 집은 가난했다. 밥을 못 먹을 정도는 아니었지만 외식은 부담스러운 형편이었다. 남매의 작은 입에 쏙쏙 들어가 오물오물 씹히는 돈가스를 보며 엄마는 무슨 생각을 했을까.

그날 이후 돈가스는 진화했다. 냉동 돈가스가 여럿 등장해 집에서 편하게 먹는 게 보편화되고, 경양식집은 사라졌다. 그 대신 이런저런 돈가스 전문점이 생겨났다. 도시락 반찬으로 싸 간 돈가스를

먹으며 나는 자랐다. 그즈음 대학교 근처에서 먹게 된 또 하나의
돈가스는, 충격이었다.

돈가스 체인점이었다. 인근 식당에 비해 종류가 다양했고 가격도
비쌌다. 게다가 일본식이었다. 일본식은 뭐지. 호기심에 가봤는
데, 과연 남달랐다. 상차림도 기존 돈가스와는 달랐고 맛도 특별
했다. 미리 썰려 나오는 것도 특이했다. 또 작은 종지에 깨가 담겨
있었는데, 그걸 직접 갈아 소스와 섞어 먹는 재미도 좋았다.

그 무렵 치즈 돈가스라는 것을 처음 먹어봤다. 어느 날 어떤 여자
아이가 자기네 동네에서 파는 치즈 돈가스가 맛있다고 했다. 그게
뭐냐고 물었다. 말 그대로 돈가스 속에 피자치즈가 들어 있는 거라
나. 언뜻 상상이 가지 않았지만 꼭 먹어보고 싶다고 했다. 그러자
그 아이는 나를 데려갔다. 가보니 밥도 파는 근사한 카페였다. 치
즈 돈가스를 시켰는데 학생이 먹기에는 가격이 어마어마했다. 그
아이는 잘사는 것도 아니었는데, 선뜻 사줬다. 환상적인 맛이었다.
돈가스를 자르면 뜨끈한 치즈가 흘러나오는 모습도 기상천외했
다. 돈가스의 재발견이랄까. 나는 그 아이에게 사랑을 느꼈다.

요 몇 년간의 탐색 끝에 발견한, 내 기준에서 최고로 치는 돈가스 집이 이 도시에 있다. 카레를 함께 파는 곳인데, 좋은 사람을 만나면 꼭 여기서 대접한다. 물론 가장 자주 동행한 사람은 여자친구다. 내 여자친구는 돈 쓰는 데 벌벌 떠는, 요즘 보기 드문 여자다. 메뉴판에 적힌 가격이 일반적인 밥값보다 비싸면 잔뜩 겁먹은 표정으로 "괜찮냐"고 묻는다. 처음에는 그게 "돈도 잘 못 버는데 이렇게 비싼 걸 먹어도 괜찮겠어?"라고 들려 마음이 상했다. 종업원 보기에도 민망해 "그러지 말라"며 몇 번 성을 내기도 했다. 그곳에 처음 간 날도 그녀는 어김없이 걱정을 했다. 일단 그런 그녀를 안심시키고, 우리는 가장 잘 나가는 2인용 메뉴를 주문했다. 다 먹고 우리는 싱글벙글하며 나갔다. 물론 들어올 때보다 손을 더 꼭 잡고. 좋은 맛은 사람 사이를 가까워지게 한다.

만약 그녀와 헤어진다면 다시 그곳을 찾을 수 있을까. 아마 못 그럴 것이다. 아주 오랜 시간이 지나면 모를까. 아무 생각 없이 갔다가 놀란 토끼눈으로 조심조심 돈 있냐고 물어보던 목소리나, 예상보다 많은 양에 기겁하던 몸짓, 한 입 먹고 맛있다며 호들갑을 떨던 손짓, 잘 먹었다며 웃던 얼굴이 한꺼번에 떠오르지 않을까. 게다가 함께 간 사람이 새로 마음에 둔 여자라면 괜한 죄의식에 체

할지도 모른다. 아름다운 추억은 날카로운 가시가 되어 찌르기도
하니까.

엄마표 돈가스
/

요즘 문득문득 이런 걱정이 든다. 엄마가 세상을 떠나면 어쩌나.
한 번도 안 해본 걱정. 조금은 철이 든 걸까. 이런저런 걱정이 꼬리
를 무는데, 그중 하나는 맛의 상실이다. 모든 엄마들은 저마다 고
유의 맛을 갖고 있다. 다른 어떤 집이나 식당에서도 엄마가 만든
음식 맛이 안 난다. 가끔 TV에서 식당 음식을 두고 엄마의 맛이라
며 호들갑을 떠는 손님이 나온다. 분명 홍보를 위한 거짓말이지
싶다. 엄마의 맛은 엄마 손에서만 나온다.

따라서 한 엄마가 세상을 떠나는 것은
고유의 맛 하나가 세상에서 사라진다는 걸 의미한다.

우리 엄마도 마찬가지다. 어디서도 맛보지 못하는 음식을 엄마는
매일 한다. 그중 하나가 돈가스다. 엄마가 직접 만드는 돈가스는

   잊은 것과 남겨진 것에 대해 말하는 법

고기와 튀김옷의 두께, 부드러운 정도가 거의 늘 동일하다. 또 튀기지 않고 프라이팬에 굽는데, 맛이 항상 똑같다. 한 번은 내가 직접 구워 먹었는데 맛이 영 달랐다. 만드는 법부터 조리법까지 엄마는 언제나 같게 한다는 의미다. 이렇게 만들어진 돈가스를 나는 예전부터 잘 먹었다. 그걸 알고 엄마는 냉동실에 돈가스가 떨어지지 않게 만들어 채워두고는 한다.

엄마가 세상을 떠나면 엄마표 돈가스도 사라질 것이다. 그걸 못 먹는다고 엄마에 대한 기억이 없어지지는 않겠지만 세월이 흐르면서 차차 희미해질 터다. 사람이니까. 만약 똑같은 맛의 돈가스를 꾸준히 먹을 수 있다면 엄마에 대한 기억도 오래가지 않을까. 어쩌면 돈가스를 만드는 엄마의 손놀림이나 돈가스를 굽는 엄마의 뒷모습이 꽤 자세히 기억날지도 모른다. 또 먹느라 바빠 평소에는 생각하지 못하는, 요리하는 엄마의 마음이 상상될지도 모를 일이다. 하지만 바람일 뿐이다. 엄마표 돈가스는 엄마에게서만 나온다.

그래도 다행히 희망은 있다. 시집간 여동생. 언젠가 여동생이 차려준 밥을 먹은 적이 있다. 직접 만들었다는 반찬을 집어 먹었는데 놀랍게도 엄마가 만든 것과 흡사한 맛이었다. 만약 동생이 돈가스를 만들면 역시 비슷한 맛을 내지 않을까. 여동생이 있어 다행이라는 생각이 크게 든 것은 그때가 처음이었다.

영화나 드라마, 소설을 보면 기억상실증에 걸린 사람이 나온다. 그걸 보며 내가 저렇게 되면 어쩌나, 하는 상상을 한다. 나를 아는 사람들에게 미리 말해주고 싶다. 혹 내가 그런 처지가 되면 돈가스를 먹여주길 바란다. 그러면 기억을 되찾을 것만 같다. 경양식 집에서 돈가스를 서툴게 썰어 먹던 어린 시절부터 맛있는 돈가스를 찾아 돌아다니는 지금의 모습까지. 그리고 나를 위해 돈가스를 만들고 굽던 엄마의 모습도.

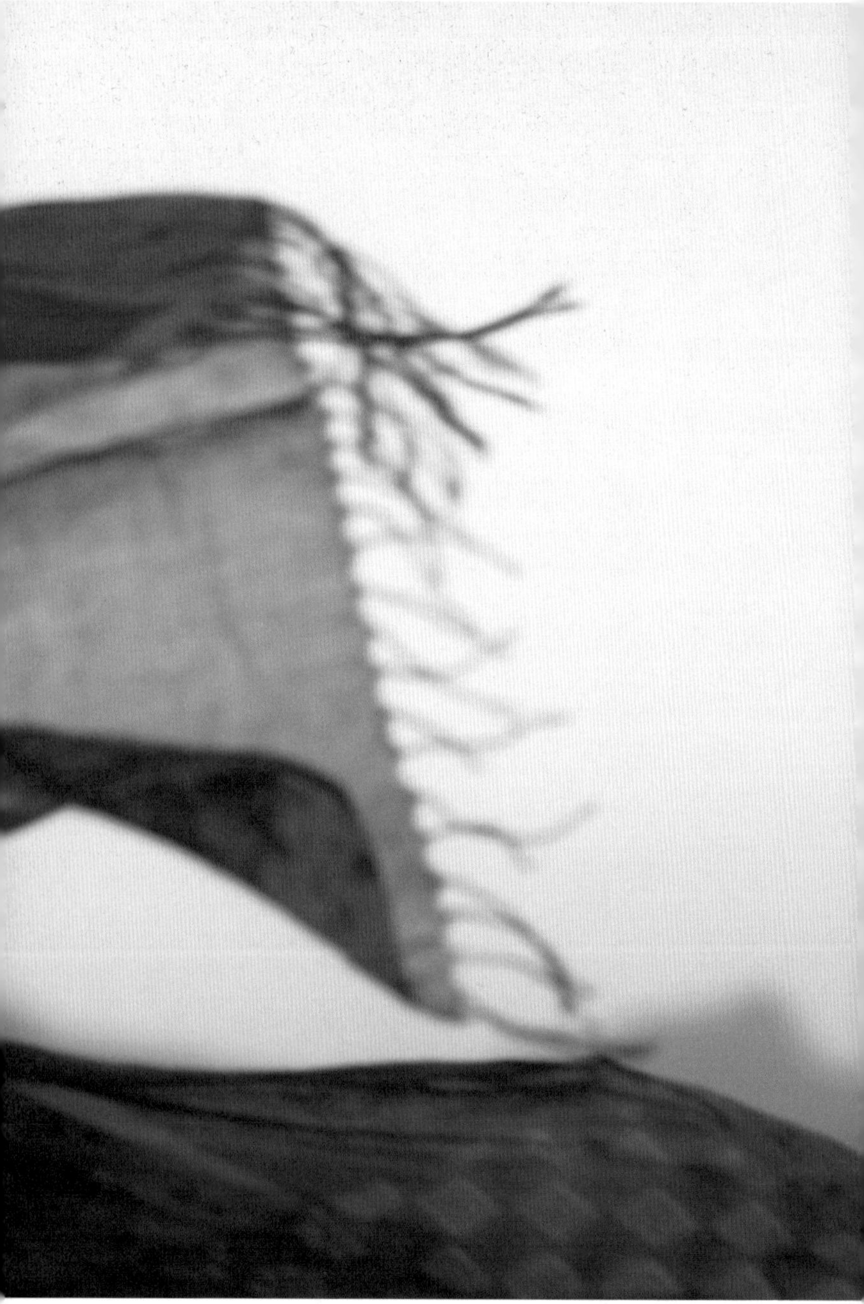

교복이,
바람에,
펄럭입니다

내겐 너무 거대한 교복

/

비밀 하나 고백할까.

사실 나는 교복을 좋아한다. 교복을 보면 가슴이 쿵쿵 뛰고 눈썹이 파르르 떨린다. 손톱 끝으로 살짝 긁어보고 싶고 가능하다면 빰에 슬쩍 대보고 싶다. 이런 내게 누군가는 손가락질하고 싶을지 모르겠다. 교복 페티시즘, 롤리타신드롬, 쉬운 말로 변태, 이런 걸 떠올릴지도. 미리 밝히지만 그런 게 아니다. 그냥 마음이 좋다. 교복을 보면.

보통 그렇듯 중학교 때 처음 교복을 입었다. 뭐가 잘못 묻어도 모를 칙칙한 색이었다. 동복이 그랬다. 하복은 시원한 하얀색이었다. 물론 상의만. 하의는 여전히 칙칙했다. 모두 똑같은 옷을 입고 학교를 다녀야 한다는 게 불합리하다는 생각은 한 번도 해보지 않았다. 그냥 그래야 하는 줄 알았다. 오히려 좋았는지도 모른다.

교복도 입고 이제 다 컸네, 하는 마음.
그 나이면 으레 하는 착각에 빠져,
교복을 초등학생과 구별 지어주는 성숙의 상징쯤으로 여겼던 것 같다.

교복은 참 편했다. 몸보다 훨씬 컸기 때문이다. 당시 나는 매우 뚱뚱, 아니 비대했다. 지금이라면 상상도 못할 정도였다. 초등학교 때부터 그랬다. 아동복 중에서는 내 허리에 맞는 바지가 없어서 어른 바지를 사다가 기장만 줄여 입었다. 그래서 내가 즐겨 입은 것은 검은색 추리닝 바지였다. 고무줄이 좍좍 늘어나 허리 걱정 없이 입을 수 있는 바지. 어차피 다른 옷은 입어봤자 폼도 안 났고, 수선비도 아낄 겸 그리 입었다.

중학교를 거쳐 고등학교에 입학할 때까지도 살은 빠지지 않았다. 오히려 늘어났다. 살덩어리가 나중에 전부 키로 간다는 어른들의 말은 거짓이었다. 먹는 족족 살이 됐고 키는 기대만큼 잘 자라지 않았다. 억울했다. 이것도 모자라 나와는 전혀 다른 마른 몸을 가진 동생과 함께 있으면 의심까지 받았다. 친남매가 맞는지, 오빠가 밥을 뺏어 먹지는 않는지, 사람들은 의혹의 눈초리를 보냈다. 먹을 걸 자주 뺏어 먹은 것은 맞지만, 분명 우린 친남매였다. 내 살을 떼어 동생에게 주라는 기막힌 충고를 듣기도 했다. 그럴 때면 나는 살을 떼어주는 시늉을 하는 몸개그를 선보였다.

이런 몸이었으니, 큰 교복을 사야 했다. 몸에 맞는 적당히 큰 교복을 사면 좋으련만, 엄마는 그러지 않았다. 내 몸보다 훨씬 큰 교복을 샀다. 더 살이 찌거나 키가 클 때를 대비한 것이다. 지금도 그렇지만 교복이 한두 푼이 아니고, 나중에 교복을 또 살 형편이 안 됐던 엄마는 그런 유비무환의 자세로, 나를 큰 옷 입은 뚱뚱보 힙합 전사로 만들었다.

 잊은 것과 남겨진 것에 대해 말하는 법

갈비뼈가 만져지던 날

/

결론을 이야기하면 엄마의 예상은 완전히 빗나갔다. 키는 자라는 둥 마는 둥 했고 살은 더 찌지 않았다. 특히 살. 그 지긋지긋한 살덩어리가 사라지기 시작했다. 고등학교 2학년 때부터였던가. 느닷없이 살이 쭉쭉 빠졌다. 급기야 고3이 되면서 나는 보통 사람이 되어갔다. 아무도 내게 뚱뚱하다고 말하지 않았다. 거울을 볼 때마다 나는 깜짝깜짝 놀랐다. 내가 이렇게 날씬해지다니. 살 속에는 뼈라는 게 있구나. 갈비뼈를 더듬으며 나는 기적이라는 말을 떠올렸다.

급격히 자취를 감춘 살은 나를 기쁘게 했지만 동시에 막막함을 줬다. 교복 때문이었다. 보통 사람이 된 내게 전에 입던 교복은 너무 컸다. 이제는 힙합 전사 정도가 아니었다. 힙합의 제왕, 힙합의 아버지, 뭐 이 정도. 하여간 무지하게 컸다. 이걸 그냥 입어야 하나. 헐렁해진 바지통을 보며 고민에 잠겼다. 당시 우리 동네에서는 교복을 줄여 입는 게 유행이었다. 아이들은 대체로 순진해서 유행을 따라가기보다 평범하게 입는 쪽을 선호했고 일부 유행에 민감한 아이들만 교복을 바짝 줄여 입고 다녔다. 졸지에 이도 저도 아닌 제3의 길에 놓인 나는, 이제 어찌해야 하나 싶었다.

고민은 길지 않았다. 그냥 그러고 다니기로 했다. 한 1년만 버티면 되는데 새로 사자니 아까웠다. 사실 엄마가 선뜻 사줄지도 의문이었다. 게다가 남자고등학교였다. 잘 보이고 싶은 여학생은 눈을 씻고 찾아봐도 없었다. 그러니 특별히 교복을 잘 입고 싶다는 생각도 별로 안 들었다. 물론 주변에 여고가 여럿 있어서 학교만 나서면 여학생들과 마주치는 일이 잦았지만 크게 신경 쓰이지는 않았다. 그래서 졸업하는 그날까지 나는 평퍼짐한 교복을 입고 학교를 오갔다. 그러는 사이 살은 조금씩 더 빠졌고, 졸업식 당일 내 교복은 겨울바람에 부딪혀, 가을 운동회의 만국기만큼이나 힘차게 펄럭였다.

나중에 안 일이지만, 엄마는 고마웠다고 한다. 사춘기라 옷차림에 민감했을 텐데 아무 불평 없이 학교를 다닌 게 말이다. 아마 엄마는 부모의 지갑 사정을 헤아려준 아들을 대견해했던 것 같다. 그 말은 들은 나는 '딱히 그런 건 아니에요, 엄마. 그저 옷에 별 관심이 없어서 그랬어요'라고 말하려다 관뒀다. 한 번쯤 착한 아들로 기억되는 것도 나쁘지 않겠구나 싶었다.

/

교복은 졸업과 동시에 버려졌다. 이미 각종 참고서와 문제집을 수능시험이 끝나자마자 버린 나는, 엄마에게 교복도 재빨리 버려줄 것을 부탁했다. '민망하게 큰 교복은 이제 그만. 앞으로는 대학생다워 보이는 청바지와 후드티를 입자' 하는 풋풋한 마음은 아니었다. 꼴 보기 싫어서였다. 그때 마음이 그랬다. 고등학교와 연관된 모든 게 지긋지긋했고, 다시는 내 눈에 보이지 않길 바랐다. 알게 모르게 입시 스트레스를 많이 받았던 모양이다. 그도 그럴 것이 나는 입시생으로 사는 동안 재수나 지방대는 전혀 생각하지 않았다. 자존심 때문에 그런 것이 아니라 현실적인 문제, 바로 돈 때문이었다. 어떻게 해서든 집에서 통학할 수 있는 거리의 대학에 붙어야 했다.

그런 사정과 달리 고3이 되기 전 내 모의고사 성적은 끔찍했다. 집에서 한참 먼 대학에 가거나 재수를 해야 할 판이었다. 정신이 번쩍 든 나는 뒤늦게 입시 공부에 매달렸다. 이불 속이 아닌 책상에서 자면 좋은 대학에 간다는 말에 두어 달 그렇게 해보기도 했다. 공부하다 책상에서 잠들 정도로 열심히 하라는 말을, 그렇게 곧이

곧대로 듣고 실천한 것이다. 고지식하기도 하지. 어쨌건 그런 바보짓까지 할 정도로 꽤 열심이었다. 당시 살이 급격히 빠진 것은 그래서인지도 모른다. 하기 싫은 걸 억지로 하니 스트레스를 받고, 이것이 체중 감소로 이어진 게 아닐까. 어쨌건 본의 아닌 다이어트를 하며 수능시험을 준비했다.

시험이 끝나고 가채점까지 마친 밤. 기대만큼 높은 점수는 아니었지만 집에서 통학할 수는 있겠다는 생각이 들자, 갑자기 모든 게 싫어졌다.

버리자. 버려야 한다.
고등학교의 흔적을 지우는 게 내 십대 최후의 사명인 양,
나는 이것저것 부지런히 버리기 시작했다.

졸업식이 끝나자마자 마지막 남은 교복을 미련 없이 버렸다. 아마 그때 교복을 찢어 없애는 졸업식 문화가 있었다면 나는 대번에 앞장섰을 것이다. 그렇게 내 옷장에서 교복은 사라졌다. 그때는 몰랐다. 버린 교복을 아쉬워하는 날이 올 거라고는. 평생 아무 일 없이 괜찮겠지. 괜찮을 거야. 스무 살의 나는 그렇게 미련했다.

이미 다 써버린 시간

/

한 애니메이션을 봤다. 호소다 마모루 감독의 〈시간을 달리는 소녀〉라는 일본 애니메이션이었다. 우연히 시간을 되돌리는 능력을 갖게 된 여고생의 이야기로, 학교가 배경인 만큼 우정과 사랑, 뭐 그런 이야기들을 다룬다.

별 생각 없이 영화관을 찾은 나는 터져 나오는 울음을 참느라 몇 번이나 입술을 깨물었다. 하지만 그런다고 울음이 참아지나. 기어이 울음은 터졌고, 나와 친구는 휴지를 찾느라 어둠 속에서 부산을 떨었다. 이후 두 번 더 그 애니메이션을 봤다. 처음만큼은 아니었지만 그때마다 울었다. 지금도 가끔 주제곡을 들으면 콧등이 시큰거린다. 기이한 일이었다. 영화나 소설을 보면서 우는 것도 내게는 흔치 않은데 애니메이션을, 그것도 다 아는 내용을 보고 몇 번이나 울다니.

사실 이 작품이 눈물을 펑펑 쏟을 정도로 비극적인 드라마는 아니다. 주인공들의 애틋한 사랑과 이별이 가슴 찡하긴 하지만, 기본적으로 훈훈하고 풋풋한, 그래서 웃을 수 있는 작품이다. 주인공은 마코토, 치아키, 고스케 이렇게 세 명. 이 중 마코토만 여자다. 이 셋은 그 나이답게 말하고 행동한다. 그 나이여서 가능한 일을 벌이고 그 나이가 아니면 할 수 없는 고민을 한다. 그뿐만 아니라 그 나이에 어울리게 그들은 웃고, 또 운다. 어른의 눈으로 본다면 미숙하기 짝이 없는 일련의 사건들. 하지만 그 모든 것들은 그 나이이기 때문에, 눈부시게 아름답다.

이들이 쌓아가는 시간이 부러웠다.
내게는 다시 오지 않을 시간이어서 더 그랬다.
이미 그 시간을 다 써버린 사람에게 눈물은,
어쩌면 자연스러운 것일지도 몰랐다.

그러다 문득 궁금해졌다. 나는 그 시간을 어떻게 보냈을까. 기억이 잘 나지 않았다. 마치 케케묵은 비디오테이프를 억지로 재생하는 것처럼 답답했다. 그때 떠오른 게 교복이었다. 주인공들이 거의 늘 입고 등장하던 그 교복.

집에 가 옷장을 열었다. 교복은 없었다. 엄마에게 물었다. 교복 없냐고. 뜬금없는 질문이었다. 교복이 있을 리 없었다. 이미 오래전

교복은 버려졌다. 단 1초의 망설임도 없이 내린, 온전한 내 결정이
었다.

사실 교복이 있더라도 달라질 것은 없었다. 그 시간을 다시 살 수
는 없는 노릇이니까. 설령 다시 살더라도 딱히 즐거울 리는 없을
터였다. 입시 경쟁은 치열했고 숨 쉴 여유는 턱없이 부족했다. 우
리는 다만 숨을 쉬고 싶어, 쉬는 시간이면 공을 들고 운동장으로
달려갔다. 그러다 10분이 지나면 다시 미친 듯이 교실로 달려 들
어왔다.

언제부터인가는 그러지도 못했다. 교실에서 공은 사라졌고, 아이
들의 허리는 굽어갔다. 그런 분위기에서 일탈하려 들면 어김없이
욕설과 매질이 따라붙었다.

그다지 아름답지 못한 시간이었음에도 불구하고,
그 시간을 가장 오래 함께했던 교복이 그리워졌다.

만약 교복이 있다면, 그 넉넉한 허리통이나 빤질빤질한 소매 끝에
서 잊고 있던 눈부신 무언가를 발견할지도 모른다는 생각이 들었

다. 그래도 좋았던 게 하나쯤은 있지 않을까, 하는 기대였다. 그러나 교복은 없었다. 교복을 버린 지 한참이 지나서야 후회가 밀려왔다.

잃어버린 교복을 찾아서

/

그날 이후 이따금 교복을 보면 애틋하다. 교복 판매점을 지날 때는 한 번씩 고개를 돌려보고, 교복을 입은 학생이 지나가면 물끄러미 바라보기도 한다. 남 보기에 불순해 보일까 싶어서 대놓고 그러지는 못하지만.

그래서 나는 현실의 교복 대신 이야기 속의 교복에 주목한다. 스크린 속 여학생은 아무리 뚫어지게 쳐다봐도 뭐라 하는 사람이 없다. 뭘 보냐며 반항기 가득한 목소리로 대꾸하는 남학생도 없다. 그들은 그곳에서 그저 자기의 시간을 살며, 내 잃어버린 십대의 기억을 자극해줄 뿐이다.

콘도 요시후미 감독의 〈귀를 기울이면〉은 내가 가장 아끼는 '교복

 잇은 것과 남겨진 것에 대해 말하는 법

물'이다. 주인공은 여중생 시즈쿠, 같은 학교 동급생 세이지, 이렇게 둘이다. 이들을 보면서 나는 내 십대의 꿈을 떠올렸다. 꽤나 아픈 일이었다. 그 시절 내게 꿈은 없었기 때문이다. 장래희망이 막연히 있기는 했다. 하지만 대부분 그렇듯 이루기 어려운, 어쩌면 황당무계한 것들이었고, 진심이 담겨 있지도 않았다. 학교에서 써내라고 하니까 억지로 지어낸 꿈이었다.

작품 속 주인공들은 달랐다. 세이지에게는 바이올린 장인이라는 꿈과 그걸 실현하기 위한 이탈리아 유학이라는 구체적인 목표가 있었다. 시즈쿠는 그런 세이지를 보며 자신의 꿈을 고민하고, 찾아 나갔다. 이를 보며, 흐르는 강물에 몸을 맡기듯 아무 생각 없이 살던 내 십대 시절이 떠올라 한동안 가슴이 먹먹했다. 그리고 질투도 났다. 세이지가 시즈쿠에게 결혼하자고 외치던 장면. '어린 것들이 하라는 공부는 안 하고 벌써부터……'라는 어른들의 말을 나는 속으로 중얼거렸다. 절대 그럴 리 없겠지만, 만약 주인공들만큼 어려진다면 꼭 연애 비슷한 것을 해보리라 다짐도 했다.

  잊은 것과 남겨진 것에 대해 말하는 법

교복이 옷장을 차지할 자격

/

몇 번인가 사람들에게 지금도 교복을 가지고 있는지 물어봤다. 의외로 그렇다고 대답한 사람들이 꽤 됐다. 이유는 묻지 않았지만 왠지 알 것 같았다. 아마 그들은 한때의 추억으로 혹은 기념으로 여태 보관하고 있는 게 아닐까. 어른 티가 팍팍 나는 그들의 얼굴을 보며, 그들이 교복을 입고 있는 모습을 상상했다. 더러는 잘 어울렸고 더러는 영 어색했다.

지금의 내가 교복 입은 모습을 그려봤다. 허리며 바지통이며 여전히 컸다. 억울하게도, 기장은 맞았다. 키는 자라지 않았으니까. 다 입고 보니, 위고 아래고 퍼진 모습이 우스웠다. 게다가 얼굴은 이제 완연한 아저씨. 마음은 아직 어리다고 자부해도 서른이 넘은 내 몸에 교복은 어울리지 않았다. 나는 얼른, 벗어버렸다.

교복을 간직하고 있다던 그 사람들이 앞으로도 쭉 그렇게 옷장 어느 한쪽에 교복을 걸어두면 좋겠다. 비록 지금은 입을 수 없는 쓸모없는 옷이지만, 그 옷은 가슴 시리게 반짝이던 그들의 열 몇 살을 기억하고 있을 테니까. 그것만으로도 자신이 아끼는 값비싼 옷과 나란히 걸릴 자격이 있지 않을까.

다시 말하지만, 나는 교복이 없다.
고작 몇 년 입은 옷일 뿐인데,
그 부재를 생각하면 가슴이 뻥 뚫린 것처럼 헛헛하다.

좀더 어른이 되면, 교복을 입던 시절이 가물가물해질 정도로 시간
이 지나면 괜찮아질까. 모르겠다. 몰라서, 당분간은 지금처럼 교
복을 바라볼까 한다. 나는 변태가 아니다. 그저 그리울 뿐이다. 바
람에 펄럭이던 교복이. 버려진 교복과 함께 지워진 시간이.

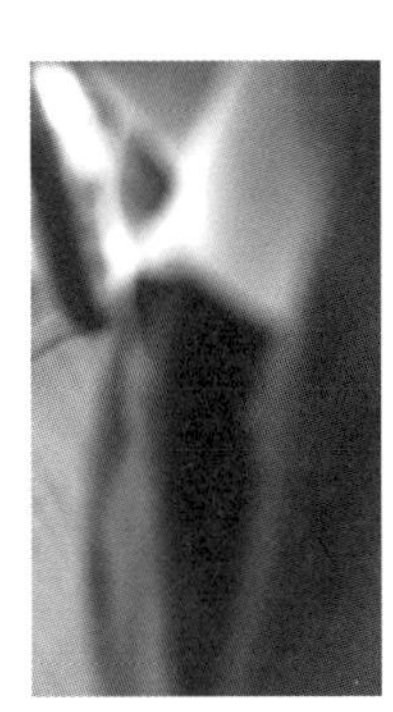

chapter. 4

그래도　　　가장 좋았어.　　지금　　이 자리가

<h1>다락방을 닮은
그곳</h1>

문이 벽에 붙은 방

/

어쩌다 다락방에 산 적이 있다.

중학교 때였다. 흔한 말로 가세가 기운 우리 가족은 단칸방으로
이사를 갔다. 가파른 계단 10여 개를 올라가야 현관에 닿는 집이
었다. 문을 열면 부엌 겸 욕실이 있었고, 거기 딸린 문 하나를 열면
작은 방이 보였다. 어른 세 명이 누우면 꽉 차는 방이었다.

이사 가던 날, 학교가 끝나자 버스를 타고 집에 갔다. 집에 갈 때 버스를 탄 것은 처음이었다. 이사 가기 며칠 전 새집 위치를 엄마가 알려줬지만, 골목에 들어서자 조금 헷갈렸다. 집이 다들 비슷비슷했다. 걷다보니 이사 중인 티가 나는 집이 보였다. 저기구나, 우리 새집이. 낯선 대문을 열고 계단을 올라가 아들이 왔음을 알렸다. 가방을 던져두고 손을 거들었다.

얼추 정리가 끝나자, 새집 사용에 대한 엄마의 설명이 시작됐다. 사실 필요는 없었다. 고작 방 한 칸뿐인 집이어서 슥 둘러보면 옳거니 할 수준이었으니까. 그나마 인상 깊었던 것은 급속으로 물을 데워주는 온수기 사용법 정도였다. 이어 대망의 '내 방' 소개가 있었다. 엄마가 "여기가 네 방이다"라며 보여준 방은 놀랍게도 벽에 붙은 문을 열어야 들어갈 수 있었다. 해리 포터도 아니고, 벽을 통과해야 한다니. 하여간 벽 같은 문을 열자 계단이 보였다. 아니, 계단인 척하는 나무 막대기 서너 개가 경사진 나무판자에 붙어 있었다는 게 정확한 표현일 것이다.

나무 계단에 당도하는 데도 몇 단계를 거쳐야 했다. 정확히 기억은 안 나지만 우선 무언가를 밟고 올라야 나무 계단에 발을 디딜 수 있었다. 이어 접힌 무릎을 힘차게 뻗어 몸을 위로 올리면서 동시에 손으로 아무 데나 잡고 균형을 잘 유지해야 했다. 그러면 나무 계단을 오를 준비는 끝. 나는 중학생다운 몸놀림으로 가뿐히 나무 계단에 몸을 붙였다. 그리고 몇 걸음 올라갔다. 방이 보였다. 분명 방이었다. 난방이 되지 않고, 키가 좀더 자라면 무릎을 접어야 잘 수 있을 만큼 작으며, 앉은키가 큰 성인이라면 엉덩이를 붙이고 있기도 버거울 정도로 낮다는 점만 빼고는 흠잡을 데 없는 방.

사람들은 그걸 다락방이라고 불렀다.

전에 쓰던 방에 비하면 불편하기 짝이 없었다. 일단 한창 활동할 시기의 남자애가 지내기에는 너무 좁았다. 게다가 그 방에는 나만 있는 게 아니었다. 온갖 잡동사니가 함께 있었다. 버리기 아깝거나 혹시 나중에 쓸지 몰라 짊어지고 온 짐들이었다. 그것들과 부대끼며 살았다. 언젠가 초등학교 때부터 친하게 지내던 친구 네 명이 놀러 왔다. 어디서 돈이 났는지 엄마는 치킨을 시켜줬는데, 그래도 내 방이라고 나는 그곳에서 친구들과 다닥다닥 붙어 닭다리를 뜯었다. 너무 좁아 두 녀석은 다리를 나무 계단 아래에 두고 엉덩이만 걸치고 앉아야 했지만.

 그래도 가장 좋았어, 지금 이 자리가

다락방은 작고 낮은 만큼 아늑했다. 분명 불편한 점은 있었지만 시간이 지나고 익숙해지자 제법 편안함이 느껴졌다. 더 이상 어찌할 수 없는 편안함이랄까. 누워서 팔을 옆으로 뻗으면 나무로 된 작은 책장이나 책가방이 만져지는 게 싫지 않았다. 또 아침이면 등 아래 있는 부엌에서 엄마가 남매의 도시락을 싸고 있을 것이라는 상상, 밤에 문을 열면 자고 있는 가족이 보일 거라는 기대가 나를 안심하게 했다. 노란 백열등 불빛 아래서 뒹굴거리며 만화책을 보거나 백과사전을 뒤적이는 재미도 쏠쏠했다.

구닥다리 카세트로 음악을 듣는 것도 즐거웠다. 당시 내게는 카세트테이프와 얇은 책 몇 권이 세트로 된 영어교재가 있었다. 팝송을 들으면서 영어공부를 하게끔 만든 교재였다. 나중에 안 사실이지만 거기 실린 팝송은 원곡이 아니었다. 무명 가수가 비슷한 반주에 역시 비슷한 목소리로 모창을 한 노래였다.

나는 밤에 독서실에 갔다 오면 방에서 꼭 그걸 들었다. 영어공부가 목적은 아니었다. 문법이 너무 어렵다는 이유로 이미 중학교

때 영어를 포기한 만큼, 그걸 들으며 영어공부를 할 리 만무했다. 그냥 거기에 실린 노래가 좋을 뿐이었다. 책에는 해석해놓은 가사가 있었고 나는 그것을 보며 노래를 듣다 잤다. 아래 있는 가족이 깨면 안 되니까 볼륨은 아주 작게.

가장 자주 들은 노래는 마이클 잭슨의 〈힐 더 월드(Heal The World)〉였다. 분명 나보다 훨씬 더 못 사는 타국의 아이들을 위한 가사였겠지만 괜히 위로가 됐다. 따로 외우지 않았어도 그 가사만큼은 지금도 대충 기억이 난다. 아무튼 스피커가 하나뿐인 카세트에서 흘러나온 그 노래는, 좁은 다락방에 얼마 남지 않은 빈 공간을 채웠다.

가끔은 그렇게 음악을 틀어놓고 창밖을 구경했다.
다락방에도 창문은 있었다.
아주 작았고 낮은 곳에 있었다.

앉아서 발을 뻗으면 발바닥이 창문 가운데에 닿을 정도였다. 작고 낮은 창문을 통해 보이는 풍경은 애잔했다. 비슷하게 생긴 낡은 집들이 저마다의 가난을 드러내고 있었다. 거리에는 사람들이

다녔다. 나는 새벽에 사람들을 보는 게 좋았다. 어쩌다 일찍 깨서 다시 잠들지 못하면 창문 앞에 앉아 허리를 숙이고 거리를 내다봤다. 점점 밝아오는 아침은 신기했다. 일찍부터 일터로 나가는 어른들의 발걸음마저 왠지 정겨웠다. 그렇게 한참 창문 앞에 앉아 있으면 달그락거리는 소리가 들렸다. 엄마가 아침을 준비하는 소리였다. 그러면 나는 다락방에서 내려와 밥을 짓는 엄마 옆에서 얼굴을 씻고 머리를 감았다.

이제는 사라졌을 나의 다락방

/

지금도 있을까, 그 다락방은. 아마 없을 것이다. 너무 낡은 집이었다. 이미 오래전에 허물어져 이 도시에서 사라졌을 것이다. 다락방에 흐르던 아련함, 작은 창문을 통해 거리를 관찰하던 은밀함, 터무니없이 좁지만 내 방이었기에 소중했던 아늑함과 편안함을 다시는 느낄 수 없다.

문득 이를 깨닫자 그곳에 대한 깊은 그리움이 느껴졌다. 그렇다고 이 도시 어느 변두리에 있을지 모를 낡은 다락방을 찾을 수는 없

는 노릇이었다. 지금의 내가 다리를 접지 않고 그때 그 다락방에 몸을 누일 수 있을까. 그러기에 내 몸은 너무 자랐다.

조금 더 시간이 지난 요즘, 나는 다락방에 대한 그리움을 덜어냈다. 다락방은 아니지만 그만큼 아늑한 나만의 다락방을 몇 곳 찾아내서다. 모두에게 열려 있는 곳이지만 옛날에 내가 살던 다락방에서 느꼈던 감정과 분위기를 느낄 수 있어서 나는 그곳들을 '다락방'이라고 부른다.

이제 그곳들을 돌아볼까 한다.
지극히 사적인 관점과 편견이 들어간 여행지.
하지만 마음만 먹으면 누구나
다락방의 은밀함과 안락함을 느껴볼 수 있는 곳.

그곳으로 향하는 마지막 여행기를 지금 시작한다.

VOLCANO
PIZZARIA NAPOLETANA
GAsTRO PUB
VOLCANO
PIZZARIA PUB
VENUE/
RUSSIAN
TROIKA
RESTAURANT
INFORMATION GALLERY
COMPUTER EMBROIDERY

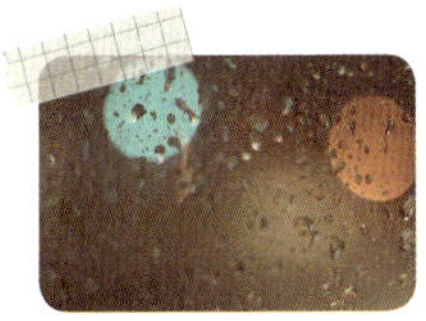

이 도시에 질릴 때

/

이 도시는 매일 화장(化粧)을 한다.

어제도 그랬고 오늘도 그랬으며 내일도 그럴 것이다. 어딘가에서 '이곳은 화장하지 않았구나' 하는 생각이 들다가도, 조금만 걸어 그 골목을 빠져나가면 혹은 새로운 골목을 만나면 그런 생각은 쑥 들어간다.

시작점이 다를 뿐, 화장은 어김없이 진행 중이다.

태어나 쭉 도시에서 산 나에게 도시의 화장은 자연스럽다. 날을 세우기보다는 그런가보다 하며 받아들이고, 때로는 아! 하는 탄성을 지르며 도시의 화장을 긍정한다. 그래도 가끔은 숲과 옛것을 그리워하고 상상하는 그런 사람이라서 그런지, 이따금 짙은 도시의 화장이 답답할 때가 있다. 어느 순간 질려버리는 것이다. 특히 숨 쉴 틈이 절실해지는 월말이면 더 그렇다.

영화광을 위한 천국

/

어찌 됐건 그런 궁지에 몰렸을 때 나는 이곳에 간다. 한국영상자료원 내 영상도서관. 내가 찾은 첫 번째 다락방이다. 한국영상자

료원은 마포구 상암동 디지털미디어시티(DMC)에 있다. DMC는 멋들어진 화장을 하고 있다. 건물이며 길이며 새롭고 세련됐다. 한국영상자료원은 그 안쪽에 있는데, 이곳 역시 수려한 외관을 가지고 있다.

내가 이곳으로 가는 길은 사실 수월하지 않다. 버스, 지하철, 다시 버스를 타고 약 1시간 반 동안 가야 한다. 이 도시를 가로지르는 시간이다. 그런 수고를 마다않고 가는 것은, 이곳이 이 도시에서 쉽게 경험할 수 없는 휴식을 보장하기 때문이다.

영상도서관에는 영화 관련 자료가 가득하다. 요즘 각광받는 최신 광디스크 블루레이부터, DVD, VHS(과거의 비디오테이프)까지, 이 도시에 등장했던 모든 영화가 있다. 게다가 모두 자유롭게 감상할 수 있다. 책도 이곳의 자랑이다. 영화 관련 서적은 물론 영화 잡지, 관련 논문, 시나리오를 보통의 도서관처럼 쉽게 읽을 수 있다. 또한 매체로 출시되지 않은 한국 고전영화나 독립영화, 포스터 등도 볼 수 있다. 그야말로 영화광에게는 천국 같은 곳이다.

/

좀더 일찍 알았으면 얼마나 좋았을까. 한 15년 전에 말이다. 그때
는 이곳이 없었을지도 모르겠지만, 만약 그때 이곳이 존재했더라
면 말이다. 아마 미치도록 행복했을 것 같다. 어쩌면 공부고 뭐고
다 그만두고 영화를 하겠다고 덤볐을지도 모른다. 그때 나는 그만
큼 영화에 푹 빠져 있었다.

중학교 때부터 그랬다. 나는 영화에 대해 유별난 관심을 보였다.
취미 중 하나가 백과사전 뒤에 실린 영화제 수상작 목록을 살펴
보는 것이었다. 정확히 기억은 안 나지만, 아카데미 영화제 각 부
문 수상작 목록이 한 페이지에 빼곡히 정리되어 있었다. 그것을
기준으로 볼 영화를 추렸다. 지금처럼 정보가 흔하지 않던 때라
그 목록은 귀했다. 매달 영화 잡지도 봤다. 지금은 폐간된 〈키노
(KINO)〉. 지금 생각하면 중·고등학생이 읽기에는 어려운 잡지였
다. 당시 영화 잡지가 여럿 발행되었던 것으로 기억하는데, 왜 하
필 〈키노〉였을까. 심도 있는 분석과 격이 다른 해석이 마음에 들었
다고 한다면 거짓말이다. 이해가 안 되는 말이 수두룩했다. 그냥
잡지 이름이며 표지가 가장 근사해 보여서가 아니었을까. 알쏭달

쏭 어려운 말도 지적 허영심을 건드렸지 싶다. 지금도 그렇지만, 참 어설픈 나이였다.

어린 나이에 영화에 집착하다보니 '빨간 띠'에 대한 호기심이 생겼다. 에로 영화가 아닌, 아이들은 못 보는 어른 영화. 요즘 말로 18세 관람가 영화를 마음껏 못 보는 게 늘 아쉬웠다. 엄마에게 하소연을 했나보다. 어느 날 엄마는 나를 데리고 비디오 대여점에 가서 보증을 섰다. 얘가 우리 아들인데, 빨간 띠 영화도 그냥 빌려주라고. 지금처럼 그때도 엄마는 아들을 철석같이 믿었다. 자신이 이렇게 믿음을 보여줬는데 설마 그 믿음을 배신하겠어? 그런 생각을 엄마는 했던 것 같다.

나는 그 믿음을 저버리지 않으려고 에로 영화 따위는 빌려보지 않았다. 적어도 그곳에서는 빌려보지 않았다는 뜻이다. 학교 근처에는 이름부터 예술적인 '아트 비디오'라는 곳이 있었다. 그곳에서는 학생들에게 에로 영화를 빌려줬다. 방과 후면 학생들은 그리로 몰려갔고, 그 대열에 나도 있었다. 여담이지만 아트 비디오는 어느 날 불에 타 사라졌다. 그냥 실수로 불이 났는지, 주인 아저씨에게 화가 난 학부모가 불을 냈는지, 기껏 힘들게 빌린 에로 영화가

66-6709
6709
ABC
2
DEF
3
GHI
1
MNO
PRS
7
TUV
8
WXY

기대 이하라서 치기 어린 학생이 장난을 친 것인지, 원인은 알 수 없었다. 카더라 하는 말만 무성했다. 학생들은 에로 영화를 볼 수 있는 공식적인 통로가 막혀 아쉬워했고 새로운 통로를 개척하려 들었다. 그전에 화재 현장에 가보는 것도 잊지 않았다. 타다 남은 비디오테이프가 있을까 하는 기대였다. 나도 그곳에 가봤으나 남은 것은 아무것도 없었다. 빈 껍데기만 몇 개 돌아다녔다.

하여간 나는 영화광이었다. 몇 년 전에야 안 말, '전작주의'를 그때부터 했다. 좋아하는 감독의 영화를 전부 챙겨 봤다. 쿠엔틴 타란티노, 올리버 스톤, 왕가위, 주세페 토르나토레 등이 그때 내가 홀딱 반해 있던 감독들이다. 무슨 의미인지도 모른 채 그들의 영화에 빠졌다. 고전 영화도 챙겨 봤다. 비디오 대여점 아저씨가 영화 애호가였는지, 찰리 채플린이나 알프레드 히치콕 같은 옛날 거장의 전집이 있었다. 그뿐만 아니라 도대체 누가 빌려볼까 싶은 각종 예술 영화와 흑백 영화가 많았다. 나는 그것들을 하나씩 빌려 보며 영화감독을 해볼까 하는 마음을 가졌다.

영화 사랑은 고등학교에 올라가서도 계속됐다. 거기서 한 친구를 만났다. 내가 모르는 영화와 감독을 줄줄이 댔던 진짜 영화 마니

아. 그 친구를 포함한 몇몇 아이들과 나는 영화를 직접 만들어보기로 했다. 말다툼과 가위바위보로 배우, 감독, 시나리오 작가 등을 정하고 가정용 비디오카메라로 촬영을 시작했다. 헌데 생각보다 진도는 나가지 않았다. 촬영 첫날 우리는 불어터진 자장면을 시켜 먹으며 앞으로의 일정이 순조롭지 않을 것임을 직감했다. 아니나 다를까, 그렇게 흐지부지됐다. 곧 고3이 되는 우리는 입시 준비를 핑계로 모이지 않았다.

그 일 이후 나는 더 이상 영화광이 아니게 됐다. 더 이상 감독이 누구고 무슨 상을 받았는지 신경 쓰지 않는다. 영화가 좋으면 재미있다, 별로면 재미없다, 이렇게 단순하게 말한다. 내가 좋아하는 감독의 신작이 개봉한다는 소식을 들으면 '꼭 봐야지' 하다가도, 이런저런 일에 치이다보면 까맣게 잊기도 한다. 뒤늦게 기억이 나 개봉관을 찾으면 간판을 내린 지 이미 오래. 그러면 잠깐 아쉬워하다가 금세 잊고 다른 일에 몰두한다. 돌이켜보면 영화에 대한 열광은, 마치 한 시절을 적시고 떠나는 장맛비 같았다.

/

그래서일까. 한국영상자료원 영상도서관에 가면 나는 그 수많은 자료를 시큰둥한 얼굴로 건너뛴다. 그 대신 벽 한쪽에 빼곡히 꽂혀 있는 영화음악 CD에 주목한다. 무려 1,000장이 넘는 영화음악 CD가 있는데, 이걸 자유롭게 감상할 수 있다. 그것도 누워서. 음악 감상을 할 수 있는 곳에 놓인 의자 덕분인데, 말이 의자지 침대나 다름없다. 뒤로 젖혀지는 것은 물론 넓고 푹신하기까지 하다. 여기 누워서 헤드폰을 머리에 걸치고 옆에 놓인 CD플레이어의 재생 버튼을 누르면 모든 준비는 끝. 이제는 가만히 귀를 열어두기만 하면 된다. 듣다가 졸리면 스르륵 잠들면 그만이다. 코를 골고나 잠꼬대만 하지 않는다면 뭐라고 할 사람은 없다. 지겨우면 책꽂이에서 책이나 잡지를 하나 꺼내 음악을 배경으로 읽어도 좋다.

그렇게 누워서 영화음악을 들으면 머릿속은 추억의 상영관이 된다. 지난날 인상 깊게 본 장면들이 음악에 맞춰 하나둘 떠오른다. 명징하게 떠오르지 않는 경우도 많은데, 그건 그대로 좋다. 흐릿하게 보이는 장면에 자신의 상상을 덧붙여 기억을 살짝 왜곡하는 것도 재미다.

이렇게 두세 장 골라 듣다보면 몇 시간이 훌쩍 지난다. 이쯤 되면 나는 자리에서 몸을 세워 쭉 한번 기지개를 켠다. 물론 공공장소이니, 기지개 켤 때 나오는 으으으 신음 소리는 속으로만 낸다. 그리고 조심조심 밖으로 나와 무언가를 마시거나 먹는다.

누군가는 궁금할 것이다. 그렇게 좋은 곳이면 사람들로 북적이지 않느냐고. 그게 나도 의문이다. 이곳은 이상하리만치 사람이 없다. 주말 오후가 되면 조금 붐비기는 하지만 감당 못할 정도는 아니다. 그냥 조금만 부지런히 집을 나서면 그뿐, 이용하기 위해 기다려야 하는 일은 거의 없다. 평일은 말할 것도 없이 한산함 그 자체다. 한 줌도 안 되는 사람들이 묵묵히 제 할 일을 할 뿐.

그 묵묵한 평화가 정겹다. 이 도시의 찌꺼기를 모두 화장(火葬)시켜버린 것 같은 고요와 평안이 흐르는 그곳을, 도시의 화장이 멈출 리 없는 이 시대에, 나는 몽유병을 앓는 환자처럼 계속 찾을 것이다.

그리고 누워 들으리라.
그려지지 않는 시인의 소리를.

 그래도 가장 좋았어, 지금 이 자리가

헌책방에서
살던 여자

책 냄새가 나는 여자

/

그녀에게서는 책 냄새가 났다.

그녀의 어깨가 내 가슴에 처음 닿던 날이었다. 새 책의 비릿한 냄새가 아닌 낡은 책의 묵은 냄새가, 가만가만 올라왔다. 그녀가 코트 단추를 풀면 몸 안에 품고 있던 책 냄새가 왈칵 쏟아졌다. 턱을 그녀의 이마에 대면 그녀의 긴 머리칼 사이사이에 묻어 있던 책 냄새가 꼼지락거렸다. 그녀의 콧등이 내 콧등에 닿을 때, 그녀의 손이 내 볼을 쓰다듬을 때도 예외 없이 책 냄새는 흘렀다.

책 냄새가 늘 그녀의 몸 전체를 휘감고 있다는 걸 확신했을 때, 그녀의 직업을 물었다. 책을 좋아하고, 그래서 책을 만지는 일을 한다고 그녀는 말했다. 그러고는 자세한 대답 대신 내 손을 잡았다. 그 손을 나는 평소와 다르게 유심히 바라보고 매만졌다. 왜 그전까지는 몰랐을까. 그녀의 손이 다른 여자들에 비해 유난히 꺼칠한 걸. 진한 색으로 칠한 손톱 끝과 갈라진 피부 틈에 까만 때가 숨어 있는 걸. 오래된 책 냄새와 거친 손을 가진 여자. 그녀는 흡사 낡은 책과 같았다. 아니, 어쩌면 점점 책이 되어가는 사람이었을지도 모른다.

그녀는 매일 책에 파묻혀 지내는 사람이었으니까.
낡은 책이 끝도 없이 쌓여 있는 곳.
그녀의 일터는 헌책방이었다.

조르고 졸라서 들은 대답이었다. 무슨 이유에서인지 그녀는 자기가 무슨 일을 하는지 말하려 들지 않았다. 겨우 들은 것은 아버지가 헌책방을 운영하고 있다는 것 정도. 자신도 거기에서 일하며 나중에 물려받아 자기만의 헌책방을 꾸리는 꿈을 가지고 있다고 했다. 어디에 있는 헌책방인지도 말해주지 않았다. 이 도시 어디

쯤에 있는 헌책방이라고 했다. 사실 마음만 먹으면 찾아낼 수 있었다. 그 동네에 헌책방이 몇 개 없다는 걸 익히 알고 있었기 때문이다. 어쩌면 내가 가봤던 곳인지도 몰랐다. 하지만 굳이 알아내려고 하지 않았다. 그 헌책방은 내가 열어봐서는 안 되는 책이라고 생각했다.

그녀에게서 나던 책 냄새의 원인을 알게 되자 나는 많은 상상을 했다. 책에 파묻혀 무언가를 하는 그녀를 상상하면 짜릿했다. 영화 〈화니 페이스(Funny Face)〉에서 서점 직원으로 나오는 오드리 헵번과 겹쳐지기도 했다. 물론 생존이 걸린 현장의 치열함은 상상과는 크게 다를 터였다. 하지만 그때만큼은 그런 이성이 끼어들 틈이 없었다. 헌책이 풍기는 환상은 압도적이었다.

한때의 헌책방 순례자

/

그럴 만한 게 당시 나는 책에 빠져 살았다. 책을 읽고 그에 관한 글을 쓰고, 책을 만들거나 쓴 이를 만나고, 그런 책을 사랑하는 사람들과 어울리는 게 내 일이었다. 책을 통해 밥을 번다는 것은 책으

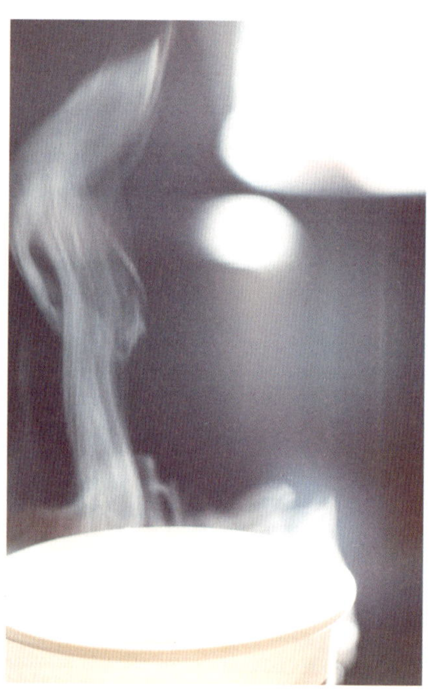

로 마음의 양식을 쌓는 것보다 더 구체적으로 책을 좋아하게 만들었다. 좋아하는 것을 직업으로 삼으면 그 대상이 징글징글해진다는 속설과 반대였던 셈이다.

자연스럽게 헌책방도 찾기 시작했다. 어지럽게 쌓인 책과 뭉쳐진 세월을 대변하는 냄새가 아늑했다. 사방에 책을 쌓아둔 주인은 마치 책의 군대를 호령하는 한 나라의 왕 같았다. 나는 한참 책 구경을 하다 몇 권 사들고 나왔다. 세상에 이런 곳이 있다니. 어른들의 눈이 닿지 않는 공터를 발견한 아이처럼 나는 기쁨에 들떠 그날 밤 잠을 설쳤다. 그 옛날 다락방이 거기 있었던 것이다. 이후 헌책방을 자주 다녔다.

보물을 발견하는 재미도 컸다. 헌책방은 대체로 대형 서점처럼 책이 깔끔하게 정리되어 있지 않다. 나름대로 규칙은 있지만 대형 서점에 익숙한 사람들의 눈에는 대충 꽂고 쌓아둔 느낌이다. 미로 같은 그곳에 들어가면 나는 오래 헤맸다. 눈으로 제목을 훑고 꺼내어 만져보고 다시 집어넣기를 수도 없이 반복했다. 게걸음으로 좁은 통로를 지나가고, 그러다 구석에서 마주치는 사람과 몸을 스치는 일도 여러 번이었다. 그러다가 발견하고는 했다. 아니 발견

되었다. 내가 찾았다기보다는 일부러 내게 존재를 들키기 바라는 것처럼 책 더미 속에서 떠올랐다.

하루를 바꿔줄 무언가를 기대할 수 있는 공간은 흔치 않다. 헐거운 지갑을 가지고서는 더욱. 내게는 헌책방이 있어 다행이었다. 갈 때면 떨렸고 늘 기대됐다. 오늘은 어떤 보물을 발견할까. 낡은 책 사이에 가만히 몸을 맡기면 비루한 현실이 잊혔고 움츠러든 어깨가 펴졌다. 헌책방은 이 도시에서 나를 안아줄 수 있는 몇 안 되는 공간이었다. 헌책은 내 등을 토닥여줄 수 있는 드문 손길이었다.

이별 뒤 남은 냄새
/

헌책방에서 일하는 여자친구라니. 어쩌면 천생연분일 수도 있겠다는 생각이 들었다. 하지만 그 생각은 곧 깨졌다. 어느 날 갑자기

받은 일방적인 이별 통보. 그녀도 눈치챘던 걸까. 내가 그녀보다 그녀가 끌고 다니던 헌책 냄새를 더 사랑하는 걸. 그 냄새를 안고 싶어 그녀를 곁에 두는 것은 염치없는 일이었다. 나는 떠나는 그녀를 잡지 않았다.

그녀와 헤어진 뒤에도 한동안 나는 아무 일 없다는 듯 헌책방을 다녔다. 낡은 책으로 가득 찬 그 비좁은 공간의 편안함은 끊기 어려웠다. 그곳에 앉아 책을 읽고 밥을 먹을 수 있다면 얼마나 좋을까. 주변이 어둑해지면 책 속 주인공이 수저를 들고 툭 튀어나와 밥 먹자고 외치는 거다. 그러면 나는 깜짝 놀라 서둘러 밥상을 차리겠지. 아니, 그전에 사태 파악부터 하려고 허둥대려나. 익숙해지면 아예 오늘의 메뉴를 고민하고 그들을 기다릴지도 모르지. 그렇게 속으로 낄낄거리며 여전히 헌책방을 드나들었다.

계속 그럴 줄 알았다. 그러나 언제부턴가 가지 못했다. 바빠진 탓도 있었지만 무엇보다 헌책방 냄새가 문제였다. 무수한 헌책 더미가 뿜어내는 냄새는 자꾸만 그녀를 떠올리게 만들었다.

이런 이별이 있다. 처음 얼마간은 괜찮은 이별. 실감이 나지 않고

오히려 홀가분하다는 생각도 든다. 다시 원상복귀되지 않을까 하는 기대도 마음을 잠잠하게 한다. 문제는 어느 시점을 지나면서부터다. 생각지 못했던 기억이 또렷해지고, 그게 마음을 흔든다.

그녀와의 이별이, 그때의 내가 그랬다. 마음을 편하게 했던 헌책방의 냄새는 자꾸 그녀의 냄새로 다가왔다. 오래 만난 것도 아닌데 냄새는 그녀를 선명하게 조각했다. 헌책방을 돌아다니다 나도 모르게 그녀가 일하는 헌책방에 들어가면 어쩌나 하는 불안도 컸다. 그러면 영화 같은 재회가 시작되는 걸까. 별로 그러고 싶지는 않았다. 만약 어느 헌책방에서 그녀를 만나고 그녀가 품고 다니던 냄새의 실체를 눈으로 직접 확인하면 다시는 헌책방에 가지 못할 것 같았다.

나는 그녀의 냄새를 판타지로 남겨두고 싶었다.
시간이 해결해줄 것으로 믿고, 나는 발걸음을 돌렸다.

그러기를 몇 년. 얼마 전 길을 가는데 헌책방 간판이 보였다. 저런 곳에 헌책방이 있었나. 무심코 들어갔다. 과거의 아늑함이 온 몸으로 전해져 황홀했다. 나는 헌책의 냄새를 깊이 들이마시고 이리저리 눈을 돌렸다. 조심조심 움직였고 살살 책을 빼내 읽었다. 오래된 냄새, 색 바랜 종이, 원래 주인이 남겨놓은 흔적 모두 정겨웠다.

늘 그랬듯 '발견된' 몇 권의 책을 들고 밖으로 나왔다. 아마 가을이었지 싶다. 하늘이 맑았다. 그늘을 지나 손에 쥔 책으로 햇살이 떨어질 무렵, 그때 그 이별의 그림자에서 풀려났음을 깨달았다. 시간이 약이라는 말은 정말이었다. 헌책방의 냄새는 진한 아쉬움이 아닌 잔잔한 그리움으로 변해 있었다.

고마웠다. 시간이 흘러주어서.
다락방이 다시 생긴 그날 밤,
편하게 잠들었다. 등이 따뜻했다.

나는
숲으로 간다

초록이 그리운 계절

/

어김없이 겨울은 온다.

내가 싫어하는 것과는 상관없이, 때가 되면. 겨울은 우선 춥다. 아무리 든든하게 입어도 추위는 기어이 옷 속을 파고들어 몸을 괴롭힌다. 특히 손발은 속수무책이다. 평소에도 찬데, 겨울이면 가끔 감각이 사라질 정도로 싸늘하게 식는다. 장갑도 거의 도움이 안 된다. 얄궂게도 내 손을 데울 수 있는 것은 다른 이의 온기뿐이다. 헌데 어떻게 늘 사람 손을 잡고 다닐 수 있을까. 고작 주머니 속에서 손가락끼리 비벼댈 뿐이다.

겨울이 싫은 이유는 또 있다. 사실은 가장 큰 이유다. 겨울이면 이 도시는 초록을 상실한다. 콘크리트와 쇠를 슬쩍슬쩍 가려주던 초록은 흩어지고 숨겨놨던 맨살이 그대로 드러난다. 헐벗은 나무와 사라진 꽃, 건조한 풀들. 물론 그것 그대로 사람의 모습이고 도시의 본디임을 안다. 그런 겨울의 얼굴이 나름의 아름다움과 향을 품고 있는 것도.

그러나 흔한 말처럼 머리와 마음은 따로 노는가보다. 마음은 초록을 잃은 겨울의 도시를 탐탁지 않아 한다. 싱그럽고 밝고 진한, 겨울이 삼킨 초록을 그리워한다. 아마 초록이 사라지면 숲 또한 사라진다고 여겨서 더 그런 것은 아닐까. 나무가 무성하게 우거진 것을 의미하는 말. 마름모 안에 들어가기에 꼭 알맞게 생겨서 그 형태만으로도 안정감을 주는 단어, 숲. 숲은 이 도시에서 찾아낸

세 번째 다락방이다. 그러고 보면 당연하다. 다락방을 앗아가는
겨울이 싫은 것은.

도시의 숲
/

처음 이 도시에 숲이 있다는 말을 들었을 때 적잖이 놀랐다. 집 주
변과 학교 근처에 뭐가 있는지조차 모르고 딱히 관심도 없던 때였
다. 그녀가 입술을 동그랗게 만들어 숲이라고 발음할 때, 숲을 이
루는 어떠한 것도 상상되지 않았다. 장난을 치거나 낮은 산을 숲이
라 하는 것이라고 생각했다. 내가 의아한 표정을 짓자 그녀는 다시
한 번 분명히 말했다. "숲"이라고. 대략 어디쯤에 있다고도 알려줬
다. 위치를 가늠해보니 빌딩숲이라면 몰라도, 도저히 풀과 나무가
섞인 숲이 있을 자리가 아니었다. 해괴하다는 생각이 들었다.

눈으로 확인하고 싶어 그녀를 앞세워 그곳으로 갔다. 숲이 있다는
지하철역에서 내려 느릿느릿 걸었다. 상가, 빌딩, 차도 등 이 도시
어디에나 있는 풍경이 스쳤다. 혹시 이제껏 내가 보지 못한 큰 공
원이 아닐까. 과장해서 숲이라고 하는 것 같은데. 이런저런 의심

이 꼬리를 물었다. 그렇게 한참을 걸으니 멀리 나무가 보였다. 뭐, 나무는 어디에나 있으니까. 좀더 가까이 다가갔다. 아까 봤던 나무가 한눈에 들어오지 않을 정도가 되자 그녀가 입을 열었다.

"여기야, 내가 말한 숲".

한 발씩 조심스럽게 움직이며 그 숲이라는 곳을 꼼꼼히 둘러봤다. 과연, 숲이 맞았다. 제법 울창하게 무리지어 있는 나무와 꼿꼿이 돋아난 풀이 널찍하게 퍼져 있었다. 또한 계절을 상징하는 꽃은 물론 내가 잘 모르는 꽃도 여기저기 무리지어 다채로운 색을 만들어내고 있었다.

"정말 숲이구나."

물론 어렸을 적 시골에서 봤던 숲이나, 사진이나 TV를 통해 본 숲과는 달랐다. 자연이 만들어낸 숲은 대체로 어지러웠다. 제멋대로 자란 풀과 나무, 꽃은 저마다의 규칙과 자기들끼리의 질서로 마구 뒤엉켜 있었다. 쭉 도시에서 자란 내게 자연 그대로의 숲이란 혼란스러웠고 대개 그런 숲은 좀 무섭게 다가왔다.

반면 그날 간 숲은 말끔히 정리된 상태였다. 대부분의 나무와 풀이며 꽃이 저들의 것이 아닌, 사람의 조화와 질서를 따르고 있었다. 완전히 '자연적'이라기에는 좀 쑥스럽겠다는 생각이 들었다.

하지만 그와 관계없이 그 안을 돌아다니는 바람은 편안했다. 이 도시 중심에 초록을 한가득 품은 공간이 있다는 사실에 괜스레 안도감도 들었다. 우리는 오래 걸었고 한참을 앉아 이야기 나누었다. 풀과 나무, 꽃을 여러 번 쓰다듬었다. 해가 질 무렵, 우리는 숲을 나왔다.

초록빛 다락방

/

이후 나는 자주 그 숲을 찾았다. 그곳의 가장 큰 매력은 별다른 일을 하지 않아도 좋다는 것이었다. 천천히 걷거나 가만히 앉아 있는 것만으로도 마음이 달떴다. 그것은 분명 초록의 힘이었다. 평소 이 도시에서 쉽게 볼 수 없는 셀 수 없이 많은 풀과 나무 무리는, 은은하거나 때로는 강렬한 빛깔로 마음을 휘감았다. 여기에 꽃만이 가진 향기와 색이 더해지면 걸음걸음이 아찔했다.

사람이 적어 한산한 평일이 더 좋기는 한데, 북적이는 휴일도 나쁘지 않았다. 흙먼지를 풀풀 날리며 걷는 사람들의 발을 보거나 꽃이 뿜어내는 아름다움에 홀려 환하게 웃는 사람들의 표정을 보는 것도 즐거웠다. 쭈그리고 앉아 연인들의 행동을 슬그머니 엿보며 둘의 진도를 짐작하는 재미도 좋았다.

모든 게 집에서 멀지 않아 가능한 일이었다. 고맙게도 그 숲은 크게 마음먹지 않아도 갈 수 있는 곳에 있었다. 아마 이 도시를 조금이라도 벗어난 곳에 있었다면 아마 나는 선뜻 가지 못했을 것이다. 사람이 만들어낸 숲이 사람의 변덕으로 옮겨지거나 해체되지 않기를, 오래오래 그 자리에 있기를 기도했다. 어느 틈에 그곳은 내게 하나의 다락방이 되어가고 있었다.

봄을 기다리며

/

그러는 동안, 숲이라고 이름 붙여지지는 않아도 그와 유사한 공간이 이 도시에 더러 있다는 사실을 알게 됐다. 그런 곳을 찾아다니며 사진을 찍고 동행한 이와 속 이야기를 나누었다. 집에 돌아와

보면 사진과 내 가슴에 초록이 물들어 있었다.

공교롭게도 이 글을 쓰는 지금 나는 겨울을 산다. 몇 달을 더 보내야 비로소 숲은 완전한 초록을 드러낼 것이다. 봄이라고 해서 내가 어디 멀리 있는 다른 숲을 찾아 떠날 수 있을 것 같지는 않다. 떠나기를 골몰하기보다는, 그때도 여전히 이 도시에서 버티고 비벼야 할 테니까.

그렇게 마냥 기다리는 중이다. 나무와 풀, 꽃이 눈뜨는 봄을. 혹은 초록이 진해지는 여름을. 그때가 되면 나는 내 마지막 다락방인 숲을 찾을 것이다. 그곳에서 아무것도 하지 않고 그저 걷거나 앉아 있고 싶다. 그러니 그때가 되면, 오래된 친구는 나를 찾지 말기를.

나는 이 도시의 숲으로 간다.

국립중앙도서관 출판시도서목록(CIP)

숨, 쉴 틈 / 지은이: 김대욱.. ─ 고양 : 위즈덤하우스, 2013
    p. ;   cm

ISBN 978-89-5913-731-2 03810 : ₩13000

한국 현대 문학[韓國現代文學]

818-KDC5
895.785-DDC21   CIP2013004623

숨,
쉴 틈

초판 1쇄 인쇄 2013년 4월 30일
초판 1쇄 발행 2013년 5월 10일

지은이 김대욱
펴낸이 연준혁

출판 7분사 분사장 김은주
편집 최은하
디자인 함지현
제작 이재승

펴낸곳 (주)위즈덤하우스 출판등록 2000년 5월 23일 제13-1071호
주소 (410-380) 경기도 고양시 일산동구 장항동 846번지 센트럴프라자 6층
전화 (031)936-4000   팩스 (031)903-3893
홈페이지 www.wisdomhouse.co.kr   전자우편 wisdom7@wisdomhouse.co.kr
종이 월드페이퍼 인쇄·제본 (주)현문 후가공 이지앤비

값 13,000원   ISBN 978-89-5913-731-2 03810